U0057265

每個人心中都有一座島嶼，

藉文字呼息而靜謐，

Island，我們心靈的岸。

非典型愛情

吳仁麟 著

獻給NY

自序
那一夜，當愛情匪類們都喝醉

是的，從這一頁開始，閣下將會看到許多匪夷所思的愛情。

這本書所寫的其實也沒什麼，不過是一些活生生血淋淋的驚世駭俗愛情，有些已經發生，有些還沒被發現。

那，這些故事怎麼來的？這件事要從「三一匪類會」談起。

不過，要談「三一匪類會」，又必須從另一件事先談起（真複雜是不是？是的，人生很多事都很複雜的），之所以會有三一匪類會，事情要先從我去讀了政大EMBA這件事情說起。

那一年，我在政大EMBA的課堂上認識了蔣雅琪，在她的提議和發起下，我們幾個EMBA同學組了一個吃喝聊天會，大家約定每個月的第三個星期一起聚會，聚會名稱就叫「三一匪類會」。

之所以叫匪類，有三個原因，一是因為大家都是在政大科管所「創新匪類」李仁芳老師的課堂上認識，二是大家都自認血液裡有些頹廢匪類因子，三是吃喝聊天本來就是世俗眼中相當「匪類（台語）」的一件事。

於是，這個「匪類會」就一直從三年前聚到現在，成員也從一開始的李仁芳老師、蔣雅琪、常立欣、劉嘉明、我，又加入了王文華和張培仁。

我們這些白天看來都算很認真在職場向上提升的人，每一次聚會時聊的卻都是在情場向下沈淪的故事（當然，我們在聊的時候都說是別人的），我於是也聽了很多城市裡的非典型愛情。

我開始試著把這些愛情故事寫下來，但是絕對遵守保護消息來源和故事當事人的寫作道德，所以每個故事裡的主角都沒名沒姓，都叫做「半頹廢男人」。

「半頹廢男人」可能是你，也是我，也可能是我們在生活中聽說和遇到的一些男人。「半頹廢男人」是一種男人的品種，在職場裡是巨人，在情場是侏儒，堅硬有時，柔軟有時。基本上，每個世間男女的心中都住著一位半頹廢男人（咦，這句話好熟啊，好像李安也常用這樣的句型說話）。

就這樣，三年過去，我寫的這些「非典型愛情」也要出書了。飲水思源，我於是在出書前夕發起了一次三一匪類的聚會，除了感謝大家賜給我寫作的靈感，也拜託大家沒事多買個幾本回家當柴燒。

感謝這些匪類好朋友，大家的表現都很正常。那天晚上大家吃喝聊到十一點，沒有一個人提到買書的事，不過每個人都說了一段很感人的話來當我出書的賀禮，聽得我邊聽邊流淚。人生至此，夫復何求，有這樣的朋友，還需要敵人嗎？以下，就是當晚三位好朋友的談話重點摘要：

蔣雅琪：

哎呀，我這為人妻人母的，好像已經不太能談愛情了。我的愛情故事非常的典型，看來也沒什麼好分享的，不過，仁麟，我倒是很願意送你這本書幾句祝福的話，那就是：「各位讀者，這書裡的故事和我一點關係都沒有。這裡面寫的都是一些唯愛是圖道德淪喪的男女情事，完全無益身心健康，請大家不要買，即使不小心買了也請不要看，又如果不小心看了請不要去傳，謝謝大家！」。

常立欣：

愛情？每天打開電視，哪裡不是亂七八糟的愛情故事一堆？到處都可以聽到有人在聊：

「我的王八蛋前男友」或是「死不離婚的理由」。城市就像個愛情的亂葬崗，到處都是情場上的白骨一堆。不過，這些愛情在仁麟的筆下寫來更特別的不堪入目，我很久沒看見這樣比美〈出師表〉的愛情故事了，讀了之後，感想只有八個字「臨表涕泣，不知所云」。這是一本對愛情充滿了絕望和希望的書，我也和蔣雅琪一樣，強烈建議大家不要買這本書，我們都不想幫這本書背書，還有，這本書和我一點關係也沒有，請大家告訴大家。

張培仁：

話都被你們說完了，我還要說些什麼？我也是兩個重點，一、請不要買這本書，這本書寫的愛情故事都是狗屎。如果不是吳仁麟的文筆很狗屎，就是這些愛情很狗屎，太扯了，台北哪來這麼多不堪入目的愛情故事。二、這些故事和我也是一點關係都沒有，還有，這家小酒館的鮮蝦腐皮捲真他馬的好吃。老闆，再來一盤！

天啊，這就是朋友嗎？在我最需要朋友的時候每個人都馬上用力的和我劃清界線，所以，我也只能跟著他們說，是的，這本書裡的故事和他們一點關係都沒有。

於是，本來打好算盤想趁這次聚餐向這些朋友A些好話來推書的我，只能在那個大家都喝醉的晚上帶著殘破的心和荷包歸去。

人生，真的很殘酷，像愛情，不是嗎？（持續哭泣中）

目錄

愛慾的發音練習

那些愛人教我的事

1.

當愛情在龍舌蘭裡醒來

非典型愛人

半頹廢男人和她有三個約定：

一、不結婚。

二、不公開兩人關係。

三、不約束彼此在這段感情的去留。

其實是很難的事，如果不是兩人就住在同一棟大樓的樓上和樓下，這樣的情人關係眞的很難維持。

他迷戀她的美麗，她愛他的才氣，很不應該的，一段世俗眼中罪大惡極的愛情就這樣不知不覺的滋生。

記得那年是她老公公司的尾牙，身爲鐵哥兒們的他當然一定要到場喝個痛快，台北的所謂名流圈尋歡作樂的花樣，其實也沒比一般人高級到哪兒去，無非是拚酒和哈啦，然後等到大家醉得都差不多了，再各自幹各自快活的下流勾當

去。

那天她老公喝個爛醉，她也有了幾分酒意，飯局結束後，這對台北社交圈知名的模範夫妻像做完秀的各自散去。她不知哪兒來的膽子，要求他送她回家。

他本來也覺得沒什麼，送自己兄弟的老婆回家看來天經地義，但是怎麼也想不到一失足就把她送到Motel去。兩人先激情的溫存再想善後問題，先做了愛再談戀愛。

「我們早該相愛的。」他腦子裡老是不能自主地浮現這一幕。她總是在兩人做完愛後，裸著黃金比例的身軀，躺在他懷裡和他深情的對話，表情一如她印在街頭海報那樣的溫柔可人。

那時他的婚姻其實也氣數將盡。別人都覺得他好命，才子佳人天作之合，老婆放棄大好的銀色前程下嫁給他，還幫他生了一對兒女，但是兩個人其實已經越來越無話可說。

他於是快刀斬亂麻的閃電離婚，想把損害控制到最低，要不然，在離婚之前和她的這一段如果爆了開來，怕要一口氣死傷好幾人。他順利離婚，也等於幫兩人的愛情開了一道防火牆。

就這樣，他離了婚，和她住進同一棟大樓。表面是鄰居，晚上是夫妻。只要出門之後彼此還是以前那樣的好友關係，在公開場合兩人也盡量不走在一起，那些成天黏在他屁股後守候的狗仔想偷拍些什麼也完全沒皮條。

這對非典型愛人就這樣偷偷摸摸的愛著。

他其實也不是很難過，或感覺疲勞什麼的，反而覺得彼此那三個約定讓兩人的愛情更健康。

他和她都有過婚姻，知道這件事有多消磨愛情，再者，兩人都是公眾人物，不公開關係反而對彼此都好，更別提他和他老公的關係。兩人戀情如果一曝光，鐵定是媒體連續一星期的頭條消息，又因爲不知彼此還能相愛多久，兩人相愛的每一刻都是如此的珍貴而眞實。

總之，他和她都很滿意這樣的非典型愛情和三不約定。

半頹廢男人知道，這地球上除了他和她，還有數不清的像他們這樣見不得光的愛侶。他們的愛情也許不傳統不典型甚至不道德，但是絕對美麗也絕對人性。

他相信，非典型的愛情，看來是不健康的愛情，卻也往往是最健康的愛情。

會議室裡的意外

半頹廢男人和她的動腦會議開到一半，她忽然要他摸她的大腿。

是個還滿熟的朋友，她所經營的那家美容診所在台北某些圈子小有名氣，兩人偶爾會聊聊一些做行銷的點子。

她喜歡穿迷你裙，不管天氣有多冷，總要向世界展露她豐滿修長的腿，彷彿那是一種社會福利。

眞的是滿吸引人的一雙美腿。一般女人如果腿長都會看來很柴很乾，肌肉紋理太深沒有點油花的滋潤，但是她的大腿卻白得超性感豐滿，像塊隨時準備好讓人咬一口的起士乳酪蛋糕，讓他開會時也不能專心，更何況，會議室只有他和她，他常常不能自已的被吸引去多瞄兩眼。

她知道半頹廢男人看到了什麼，但是也不說破，靜靜的等著事情發展。

半頹廢男人也不知道事情會發展成那樣，他知道自己是個正常的男人，對眼前這個不討厭的女人美好的身體感興趣是很正常的事。

他和她聊到了個點子，兩人都覺得好極了，他拿起麥克筆就想到白板去寫。

「這麼好的點子就不要浪費了，直接寫我腿上就好了。」她試探性的開玩笑這樣向他說。

他也當她在開玩笑的跟著笨笨的笑。

但是其實她的手已經把他的那枝麥克筆往她身體拉。

他忽然呆掉，不知道自己該怎麼辦。

再下來會怎樣？他根本不可能只在她腿上寫幾筆，他會開始摸她的大腿和身體，然後他會忍不住和她在會議室裡做愛，那看來還滿刺激的，不管是讓她騎在他身上或是他把她壓在會議桌上打撞球。

再下來呢？

如果他運氣好，會因爲這樣的肉體關係多了一個密友，如果他運氣不好會被她指控強暴，這裡面不是百分之五十對百分之五十的或然率，是一丁點的風險都不能有。

於是，他醒了。

「對不起，我去洗個手。」半頹廢男人像是從火星回到了地球，唐突但是果決的這樣對她說。

不幸福的三房一生

半頹廢男人有三個女人，每個都想和他共度一生，朋友都笑他是「三房一生」。

三個女人都愛他，他不知道該選誰，所以乾脆誰都不選，不管家裡老爸老媽再怎麼逼，眼看大學同學的小孩都一個個上了國中，他就是死不結婚。

之所以不做決定的原因，是因爲三個女人他都愛。

更讓人好奇的是，這三個職場表現一點都不輸給他的女人完全沒有想和他結婚的念頭，三個女人都只想和他戀愛與做愛。這些精明的女人都相信，婚姻只會重度消磨愛情。

在他的部落格裡，他把三個愛人命名爲「廚房女神」、「書房女神」以及「臥房女神」。三個女神除了讓他在精神和肉體都非常快樂，也都各有一套讓他心醉神迷的好本事。

「廚房女神」是某出版社的總編輯，十年前在一次媒體同業的日本溫泉旅行認識之後，兩人就一直沈浸在美食美酒的世界裡。每個星期總會有一天，他們會先去微風廣場或City Super，依據兩人商量好的菜單買食材，再到彼此的公寓裡讓她一展食神身手。

那個晚上兩人會排開所有的約會，只屬於美食美酒和彼此。為了方便輪流開伙，他和她在各自家裡都投資了一套最高檔的德國Boffi廚房，還有一個私人的藏酒間，這裡面該擺什麼酒就全歸半頹廢男人來管。

「書房女神」是某大外商駐台辦事處的代表。

這位驕傲且意氣風發的女強人在EMBA的迎新會上被半頹廢男人在兩個小時內征服，一直交往到現在。到目前為止，她仍然搞不清楚那天晚上讓她著迷的是昂貴的Krug香檳還是他的才華？總之，兩人就從書房一路聊到她家床上，話題也從策略變成省略。認識「書房女神」之後，半頹廢男人的書房佈置得越來越像樣，去過的人都說像是小誠品。

「臥房女神」是進口寢具的總代理，在一次試探性的客戶拜訪中，她成功的把公司裡最頂級的寢具搬進了半頹廢男人的臥室，卻也不小心把自己免費奉送了過去。那一次之後，她一直離不開他的床，不過，她一直相信是她的寢具太好，更不願意接受她離不開他的殘酷事實。

就這樣，半頹廢男人成了「三房一生」。他有很棒的廚房、書房和臥房，而且每個房間都有一位離不開他的女主人。這些女人對彼此略有所聞，但是也從不過問，三股強烈的女神氣流，形成一種超詭異的愛情恐怖平衡。

處在這風暴中心的半頹廢男人看來幸福但是並不快樂，多情軟弱如他，日日夜夜享受著三個女人給他的不同快樂和痛苦。

更要命的是，這三個女人的靈魂與肉體都讓他非常的迷戀，他一個都捨不得丟，那三個女人也都不走，結果是，四個人都異常的痛苦。

愛情這東西最奇怪的特質就是，它的痛苦和別的痛苦本質是完全不同的，凡人會想盡辦法逃離各種痛苦，但是卻往往捨不得也無法放下愛情的痛苦，甚至這痛苦到後來久了竟然變成一種奇怪的快樂。

而這三個女人也像是在比氣長似的，等著看誰先出局，所以誰都不想先走。

半頹廢男人知道自己的愛情其實是個麻煩，他每天活在失去愛情的恐懼之中，準備接受痛苦，他知道失去任何一個女神都會讓他痛徹心扉，不過，有時候

他也懷疑自己是不是很病態的在享受這種失去愛情的恐懼。

他其實已經做好準備，準備迎接三個女人都離開他的那一天到來，這三個女人就像三股彼此抗衡也支撐的力量。他相信，只要有一個女人離開，其他兩個女人也可能不想和他再繼續這場愛情遊戲，簡單的說，也許不是故意的，但是事實是三個女人一起在玩他。

半頹廢男人非常的苦惱，完全不像別人眼中所看的那樣的快活，他是個不幸福的「三房一生」。

他真的愛她，因為這樣，一直在忍。他清楚的感覺到，兩個人在一起越久，累積最多的，其實是傷痛。

但是，他一輩子也不會讓她知道，他的內心曾經如此沈痛的經歷過這些風風雨雨。

當愛情在龍舌蘭裡醒來

電話裡，她說她自己一個人去機場就好了。一大早飛上海的早班飛機，不想讓他這樣奔波。

半頹廢男人知道，她是想讓他能多睡一兩個小時，最近工作上的忙亂搞得他睡眠品質很不好，她一直對他說心疼。

不過，他還是決定要給她小小的驚喜，在掛上晚安電話之後，這名男子開始進行著一場小小的陰謀，準備在她出門前就等在她家門口，給她一個甜蜜的驚喜，一路送她到機場。

他把鬧鐘調到清晨四點，準備在五點前趕到她天母的住處，邊做著這些準備的同時，他忽然腦子裡閃過一些念頭，那像是充滿愛意的右腦忽然被理性的左腦狠狠給刺了一下。

他那被商學院訓練得充滿直覺的想像力忽然給了他一記提醒：「萬一明天一

早看到不該看到的畫面那該怎麼辦？」電影裡不是常常這樣演嗎？想給人意外的人常常自己會得到更大的意外。

想到這裡，他忽然笑著搖搖頭，對自己的多疑覺得可笑，倒頭在笑意中進入夢鄉。

在夢裡無限甜蜜的想了她一夜之後，半頹廢男人眞的準時在五點出現在她家門口，整個天母還沈睡著，天有些冷，但此刻他的心卻是溫暖的。

他看著她的房間已燈火通明，顯然還沒出門。他盤算著，準備等她關上燈出門那一刻再打電話給她驚喜。

他看了看錶，知道自己還有幾分鐘可以好好抽根小雪茄，於是把車停到路邊的停車格，打開車窗熄了火，享受著這一天的第一口清醒。

他想起兩人曾經共同擁有的美好夜晚，總是貪婪的享受彼此多情的肉體，在汗水和慾望如山洪流洩之後，以一杯杯小小的龍舌蘭酒爲這一夜帶來另一波高潮，她喜歡他把鹽巴撒在她的胸口，讓他在一口飲下SHOT杯裡的龍舌蘭之後，多情的吮食她，然後兩人又激情的吻著。他常覺得這一刻無比的眞實又無比虛幻，像一種不算清醒的清醒。

她一直是個貼心的好情人，不管什麼事總是依著他，他也總是自動的把她和愛情排在工作之後，這樣的默契是兩人從交往以來就有的。她總是不吵不鬧的等著他的電話，在他需要的時刻適時的撫慰他的肉體和靈魂。

他想，自己何其有幸，能擁有這樣的情人。那種愛戀的感覺，眞像手中這根來自加勒比海的小雪茄，淡淡的，若即若離，那種漂浮的不確定感何其美好啊。他覺得，自己眞的好愛此刻這樣的愛情。

半頹廢男人邊沈醉在這樣的心緒裡，忽然也注意到了有部白色的BMW開了過來，而且就直接停在她的家門口，這時，他的胃開始痛了起來，整個人腦子開始發昏，預感告訴他，昨天睡覺前他腦海裡那個一閃而過的念頭快要成眞了。

他看到那個男人走下了車，按了門鈴。她關上房間的燈和房門，拖著行李走出來，然後兩人擁吻。她上了車，根本沒注意到半頹廢男人的車正停在不到十公尺遠的地方。

「眞奇怪，怎麼一大早就有人抽雪茄？」他聽到她臨上車前忽然向那男人這樣說。

這時候，半頹廢男人覺得自己整個人裡裡外外變成了一塊石頭，他感覺到自己的胃先糾結成一團，然後是他的心，他的腦，他的呼吸，整個人像是一部進入關機程序的電腦，慢慢的停止了所有的運作。

他於是在這寒涼的清晨中化爲一座冰冷的石像，兩行滾燙的淚劃過臉頰，像兩道刀痕，在他心中割出一種莫名而巨大的痛。

一場不知該如何形容的愛情與三次眼淚

這段愛情走了十年，在淚水中開始，也在淚水中結束。

每次憶起這段愛情，聽故事的人都不免大笑，半頹廢男人自己邊講也邊覺得眞好笑，儘管那些記憶對他都是一輩子的痛，所以總是邊講邊哭又邊不能自主的笑。

是讀碩士班的第一年，班上最年輕又最愛玩的他發起了一次聯誼活動，對象是一票某大學音樂系的女生。

同學們的表現在他的預期之中。台灣的科技宅男們總是那副死樣子，平常躲在宿舍中猛看A片打手槍，講話時開口閉口都是女人，一旦活生生的女人坐在身邊，這些腦袋裡都是精液的猛丁哥們一個個都成了害羞的小孬孬。

於是，在開往石門水庫的遊覽車上，看不下去這樣生冷場面的他，把對方的召集人叫了過來商量，幾句對話之後兩人開始即席主持一場攪和大會，場子也終

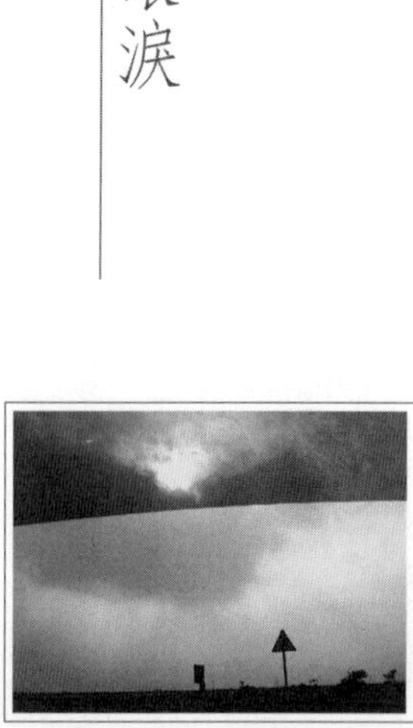

於熱了起來。

他於是也就這樣不小心的和那位女主持人有了聯絡。

是一個看來像女同志的男人婆，主修大提琴。他本來也以為她是蕾絲邊，從那次認識之後兩人也常常去打撞球和半夜飆車到十八王公去吃肉粽，她甚至幫他當起愛情顧問追女生，幫他分析女人的腦子到底在想什麼，怎麼做才能夠把一個女人騙上床，儘管在她的輔導下他沒有一次出手成功。

就這樣，兩人像哥兒們的關係走了一年，他竟然完全沒有感覺這段感情已經變質。

那天晚上，她騙說有個長輩生病了，要他陪她到陽明山上去探病，走進那別墅裡才知道這是她家族的度假小屋，平常根本沒有人住，這裡也根本沒有什麼長輩。

一開始她的表現還算斯文，在馬友友的大提琴聲中細心溫柔的幫兩人準備了晚餐，吃晚飯後，他才發現她的眼神不對，那天她特別穿了裙子，還化了妝，噴了讓他想打噴嚏的香水。

她開始向他表白，他開始不知所措，因為對她真的沒有感覺。他一直把她當男人，即使有時候不小心摸到她的身體也覺得像是自己在摸自己。

但是不知道是不是她拉不下臉來的關係，除了自己拚命表白，也一直逼他表態。

「我想我們都累了，但是現在你最好給我講清楚你到底想怎樣，今天走出這道門之後，我們如果不是男女朋友就是陌生人了。」她看馬上就要天亮了，這場馬拉松式的談判該作個收尾，於是這樣對他說。

他不知道該怎麼處理這樣的場面。他不想愛她，也不想失去這樣一位氣味相投的好朋友。

於是兩人「爐」了半天之後勉強達成共識，他答應開始試著把她當女朋友，於是在她的要求下開始做愛。

回想起來，他的第一次就是這樣被她奪走了，從頭到尾他都感受不到自己有任何的興奮或快感，只是一直在想自己要怎麼樣和這樣一個自己並不愛的女人談戀愛？

但是又怕說了真心話會搞壞氣氛傷感情，於是就順著看來很投入的她的要求，讓她騎到身上來，迷迷糊糊的結束了一場不知該如何形容的性交（到現在，

他仍然堅持那是一次「非強制性的性交」，不算是做愛，因爲一點愛的感覺都沒有）。

半頹廢男人於是就這樣非常被動的奪走這個女人的第一次，也失去自己的第一次，感覺卻是自己被強誘騙外加強暴，於是在回到家之後，他躺在床上一直哭著卻不能成眠，因爲他不知道走進這樣一場他不想要的愛情會怎樣，這是他爲這場愛情第一次流淚。

爲這段愛情再流淚已是九年後，她又把他找到陽明山的家族別墅去對他說。她的第一次在這裡給了他，這段愛情談了九年，如果不結婚，看來是談不下去了，還有，她懷孕了。

情勢完全不在他這邊，他知道這時候自己唯一能做的就是向她求婚，要不然他可能沒辦法活著走出那道門，於是他哭著回家找媽媽，告訴他媽說自己想結婚的事。

老媽並不是很喜歡她，但是一聽說她懷了小孩的事，也沒多說什麼。

「但是，你爲什麼哭得這麼傷心呢？」老媽問半頹廢男人。

他一句話都不想說，心裡卻知道自己一點都不愛她，即使經歷了九年，他最後還是得和一個他不愛的女人結婚。

這是他爲這段愛情第二次流淚。

第三次也是最後一次爲這段愛情流淚是結婚後的第十個月，那時候發生了兩件事，兒子滿月，還有兩人簽字離婚。

她一樣把他找到那棟家族別墅裡去，告訴他，這段婚姻她走不下去了，她沒辦法和他老媽相處，她也不喜歡現在的他，覺得對他已經沒了愛情。

「很抱歉，我們必須離婚。」她的口氣好像在面對一位即將被資遣的員工。

他知道自己和前兩次在這別墅裡的處境一樣，除了聽她的，也無法多說什麼了。

這一次她沒有陪他走出別墅，兩人就此分手。一走出那道門，半頹廢男人開始不能自已的哭了。

他哭自己的無能，他哭自己在這段愛情裡浪費了十年人生，他哭自己不知該如何面對成爲一個單親老爸的人生。

他更爲了這段不知算不算是愛情的愛情而哭，終究是，爲了這段愛情，十年來他狠狠的流了三次眼淚。

每每和朋友回憶起這一段，即使已經是如煙的久遠往事了，半頹廢男人講起來時都邊笑邊哭。

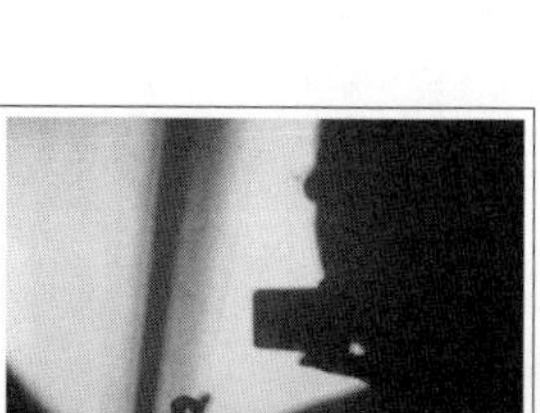

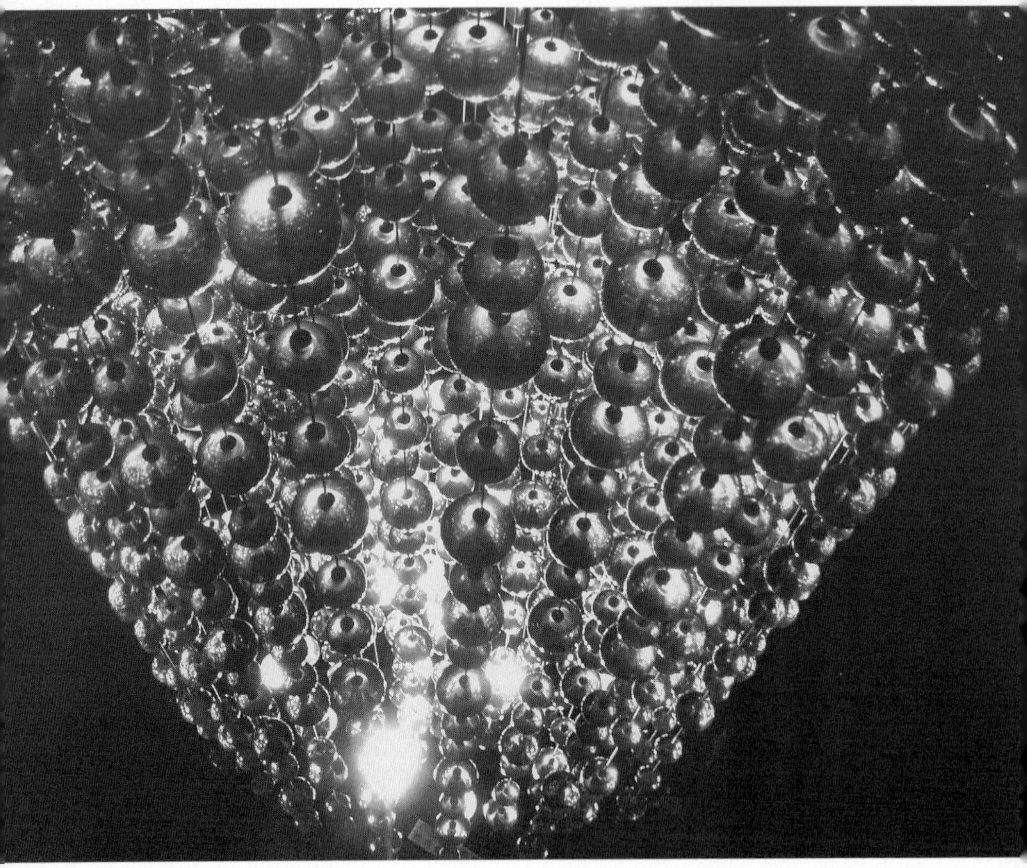

那像是一種很神祕的生物性力量，就好像鮭魚會從大海游回出生地產卵那般，在醒來或睡著的每一刻，他不斷想著和她交歡的美好，整個人於是也陷在一種極度不能被滿足的焦慮裡。

於是他知道，她是他的愛慾原鄉了。

北京機場登機室裡的舊愛

半頹廢男人正在北京機場等待飛往香港的班機。

他想起今天早上在飯店收的幾封信還沒來得及回，於是打開了筆記型電腦。正準備把頭埋進電腦裡，忽然間，他不確定自己看到了什麼。

是她，沒錯，眞的是她。也許留了長髮，也許身形削瘦許多，但是他確定自己不會看錯那背影，那曾經和他有過無數次深情擁抱的身影。

他開始覺得全身不對勁，五年前剛分手時所患的「分手官能症」此刻又回到他身上來了。

他覺得全身緊繃，他覺得自己呼吸和心跳都亂了，終究是自己那樣深愛過的人，他知道自己五年前那時的苦痛是因爲心頭失去一塊肉，但是卻想不到自己在五年後的北京機場會舊情，不，也是舊病復發。

這時候，他覺得自己慢慢化成一座雕像，除了那顆心還在狂跳，全身每一處都不聽使喚。他不知這時自己該怎麼辦，五年多不見了，這一刻卻讓他發現自己其實還深愛著她。

他想起五年前分手時兩人是如何流淚說再見的。

那個星期天，她特地要他開車從北投繞上陽明山，看著黃昏的山景。她最後一次抱了他，他好像也意識到什麼似的，久久捨不得放開，而她的淚竟就這樣在他胸口溼了一大片。

從那天之後，兩人就斷了音訊。一開始，是痛苦的，他知道自己整個人每天幾乎處於瘋狂邊緣。

就這樣，一個星期，一個月，一年過去，他也忘了自己是如何習慣這樣的失去。

而現在，兩人竟在千里之外的北京重逢，他覺得自己快死了。他好想對她說些什麼，卻一個字也說不出口。他只知道，自己在等她轉過頭來發現他。

但是她始終沒有，她忙著講電話，看來好像有些緊急事在處理，而他的登機廣播已經到了最後的召集。

不能不走了，他對自己說。

於是，他忍住了那五年後再度發作的巨大心痛，強迫自己一步步走向登機門，再也沒有勇氣去張望她的身影。這兩個曾經的戀人，在相隔五年之後，距離重逢只差一個轉頭和一個凝視，卻竟又這樣錯過了。

是啊，不能不走了，他邊對自己說，就像五年前也是這樣對自己說。

他覺得自己的胸口那個曾經被挖開的洞又被打開了，那如洪流般流出的，不知是血或淚。

五公升的海尼根眼淚

半頹廢男人從來沒有過那樣的飲酒經驗，回想起來，惡夢一場。

他沒有醉也沒有吐，但是腦子裡那種不快樂的感覺，像是走了一趟地獄，之後每每想起，都讓他相當納悶自己爲何會那樣的不舒服。

認眞仔細的回想了幾次，他認爲是自己的情緒崩潰造成的。那種失去愛情的傷心和絕望本來就夠痛了，而他選擇了一種最笨的方式來處理自己，兩者相加，把這負號又搞得更大了。

他情緒之所以會崩潰的原因，其實也是因爲對自己太過自信，以爲自己可以簡單殘忍的對待自己，頂得住這分手的情傷。

那一次的分手，她是鐵了心不回頭的，他感覺得出來，但是任何哀求挽留的話卻說不出口。

特別是因爲那是一次充滿愛意的分手，要不說挽留的話是更難的。

如果是兩人撕破臉大吵一架，傷透了彼此的心，這樣的分手對彼此其實都是個解脫。

但是充滿愛意的分手卻像是沒打麻醉藥的活體分割，要他眼睜睜的看著自己的愛情被硬生生的從心裡挖掉，他知道這一定超痛，但是卻無知自信的認爲自己頂得住，更何況是想著她的痛，他更痛了。

爲了以防萬一，他問了幾個朋友，有很豐富分手經驗的那些人，每個都告訴他，當愛情太苦的時候就多喝酒，把自己喝個爛醉就沒事，一覺醒來又是好漢一條。

他本來以爲自己可以不需要這樣的，但是，一天兩天三天下來，情傷在他體內迴盪累積到讓他六神無主不知如何是好，他覺得自己活像個快要炸開的鍋爐。

他想，該是採取另一種對策來處理自己的時候，於是去便利商店抱了一大桶海尼根回家。

是那種一桶五千西西的重量桶，他知道，以他的酒量，這一桶喝完鐵定可以讓他不省人事，但是，他沒有更好的選擇，只好逼自己大口大口的把冰涼的海尼根一整桶喝下肚。

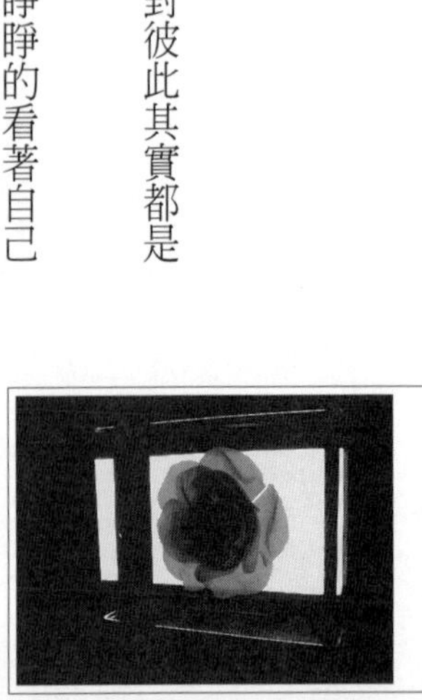

邊喝著的時候，他想著這段愛情曾經的種種，酒精讓腦子越來越不清楚，情愛記憶卻讓腦子變得清醒。他不斷的流著淚，哭到後來竟然覺得那淚水都有酒味。

但是，想來是因爲太哀傷的原因吧，在情愛回憶中喝下那五千西西的海尼根之後，他沒醉也沒吐，整個人陷入一種更強烈的痛苦裡。

那種感覺，像是整個人的內在有一個大結構整個崩潰了，卻無法把這力道往任何的方向傳導。他的自尊自信和情愛都被溶解在體內那海尼根的大海裡，吐不出來也排不掉，再加上極哀傷的情緒，讓他的肉體和靈魂都陷在地獄。

那一次之後，半頹廢男人失去了某種自信，變得對愛情更加的謙卑了。

他再也不會這樣喝海尼根了。

巴松管愛人

聽到這小女生吹的是巴松管，半頹廢男人的心裡馬上升起屬於一個男人該有的邪念。

他想到Bassoon這個字，讀起來充滿了台灣味的性暗示。

於是他不能自已的就這樣笑了出來。

操，我眞他馬的低俗好色，他邊笑邊暗在心底自責。

她看著他，也笑了，兩人的笑構成了一個像魔術方塊一樣有著很多想像空間的畫面。

男人的笑分兩層，就好像塗了厚厚的奶油的戚風蛋糕，表皮那層故作優雅的笑看來蓋住了骨子裡的想入非非；但是，表皮笑得越奶油，反而越突顯那心裡最深處的男人意圖。他甚至感覺得到自已那最敏感的男性起了變化。

很糗的感覺，半頹廢男人刻意把手中的酒杯放到腰部以下，試圖遮掩這難堪。

這怎麼得了？在國家音樂廳的大堂，他知道自己不能這樣和她對話的，只是，穿著緊身黑色小禮服又露出那深不可測乳溝的她，性感得讓每個正常的男人想犯罪。

吹巴松管的女人也笑了，那笑裡也分兩層，外面那層叫包容，裡面那一層叫諒解。

她根本就知道，眼前這每天在健身房跑一萬公尺的中年男人在想些什麼，但是也知道彼此只能顧左右而言他，比如談談史特拉汶斯基的〈春之祭〉裡開頭那段巴松管獨奏有多特別。

不過，眼尖的她已經發現了他對他下半身反應的手足無措。

這一刻，她卻對眼前這男人有了喜歡，因爲她在他的難堪裡看到另一個眞實的他。她知道，這個縱橫在兩岸三地的企管才子策略大師，在靈魂的最深處，其實只是個身體健康生性害羞的小男孩。

她於是對他打開了心門，也用那個最眞的她和他對話。

「其實我一點也不喜歡巴松管。」她乾脆直接把從五歲起一直藏在心裡的話

告訴他。這句話會說出來，連她自己都覺得吃驚，因爲她從來沒有對任何人說，包括一直把她當巴松管天才的父母和老師們。

她想，因爲眼前這個男人讓她放心和自在吧。她這輩子從來沒遇到這樣的一個人，可以讓自己毫不猶豫的就把整顆心交了出來，不過，這一刻她還不知道那是不是愛。

她只知道，如果這一刻她坐在飛機上，機長宣佈飛機馬上要墜毀了，她清楚的知道自己希望旁邊坐的是他。

眞奇妙啊，她和他才第一次見面，竟然有這樣的感覺。

「太有意思了，妳知道嗎？我常常告訴學生，莎士比亞討厭寫作、貝多芬痛恨鋼琴而莫札特恨死了作曲，這也可以說是另一種『鯰魚效應』，就好像心裡有一隻鯰魚在不斷的刺痛你，讓你過不去，活在一種很奇怪的痛苦裡，這樣你的創作才更有活力。」他用組織管理理論的「鯰魚效應」這樣向她解釋。

「鯰魚效應？」他可眞能瞎扯，不過，對巴松管女生來說，這已經不重要了，她知道自己對眼前這個男人想法已經很清楚。

她喜歡他，所以即使他再怎麼樣胡說八道都無關緊要了，她只等著他開口，問她什麼時候可以走人，約好時間在後台的門口等她。她會帶他一起去光復南路巷子裡那家小酒吧喝杯酒，再要他送她回淡水竹圍的家。

然後，她會試著給他機會，問問他有沒有興趣看看她在維也納時的學生時代照片，也聽聽她那時的演出錄音。

然後，主菜會上桌，在她那可以俯瞰整條淡水河的臥房裡，她和他會有一場精采的性愛巴松管演出。

半頹廢男人可能怎麼也想不到，在情場裡一直以爲自己是個勇猛獵人的他，竟然在這一夜失手成了這巴松管小女生的獵物而不自知。

還虧人家說他是策略大師。原來，策略在面對愛情時會自動失靈，這也算是另一種重要的學術發現。

失去婚姻之後的不可思議人生

「不管你信不信，我覺得人生總會在你意想不到的時刻發生一些不可思議的劇情。」比爾這樣對半頹廢男人說。

他不知道比爾指的是什麼，不過對半頹廢男人來說，這些話他是認同的，也多少是他活到現在的人生感悟。

他跟比爾說他多少可以體會。

「但是，很少人會體會得像我這樣深的吧，特別是這一段發生在我離婚後那一整年的愛情。」比爾認爲自己的故事應該是第一名。

離婚那一年，兒子才三歲，他不知道失去婚姻對他的打擊如此之大。

「那時候我整個人失去了生活感，一整個月感覺不到自己活著。我把兒子交給老媽帶，一個人住，每天喝醉卻每天睡不好，工作意願也非常的低，不過，幸好沒出什麼大事。那個月，我連呼吸的意願都快沒了，連鬍子都不刮，整個人蓬頭垢面，想起來有點為婚姻服喪的味道。」比爾說。

這樣的日子過了大約一個月，他對這種沒有感覺的日子也覺得累了。一天早上醒來之後，在浴缸泡了一個上午，不知哪來的心情，一口氣把自己全身洗得乾乾淨淨，也把留了一個月的鬍子給刮了。

他想，他該開始過另一種人生了，卻想不到往後這段人生是如此讓他難以想像。

他的生活開始步入另一個穩定期，其實也沒有打算談戀愛，心情好一些，但是企圖心卻是談不上的，「反正，就是開始感覺到自己了。」比爾說。

但是愛情還是說來就來，而且還莫名其妙的來。

那時比爾的妹妹在新竹讀碩士，比爾也剛好在新竹科學園區工作，週末的時候比爾會順便開車載老妹回台北。

那個週末，老妹上他車的時候多帶了一個女生，說是她研究所的學姐，也住台北，兩人約好到台北看電影，客氣的問比爾能不能多載一個人。

當然，比爾從來不是個小氣的人，特別是對女人。

於是讓她上了車，比爾說，相逢自是有緣，於是一路送兩人到台北，還請她們吃晚餐和看電影。

從那一週開始，老妹就沒有再搭過比爾的車回家了，比爾要她去坐灰狗巴士。他的車從此成了老妹學姐的返鄉專車，兩人也於是開始交往。

比爾的生活很離奇的就這樣有了變化，在失去婚姻一個多月後，他又快速的進入一段愛情，兩人生活得比以前的婚姻時期更緊密，因爲都在新竹工作和讀書，週末又都回台北，所以很快的，兩人就生活在一起，比爾住進她的公寓。

她其實有個交往很久的男朋友，在花蓮教國小，這幾年關係有點淡，但是比爾一直不知道，她也沒跟比爾提。

一天傍晚，比爾從公司回來，走進兩人同居的公寓，很習慣的把鞋子脫在門口，卻發現門口堆了一些水果什麼的在那兒。他想，也許是那女人訂的宅急便或什麼的。

他進浴室洗澡，不久後聽到女人回來的聲音，又過了一會兒，聽到個男人在門口大喊大叫的聲音。

他連忙下半身只圍著圍巾衝出去，在客廳和兩個人撞個正著，那男人頂著門哀號痛哭，但是女生死命不讓他進門。比爾在還沒搞清楚情況之前，趕忙上去幫

忙把門關起來，火速上鎖，把那男人關在門外。

他和她倚在門口坐著，覺得自己化解了一場危機，卻聽到那男人用頭撞著門和牆壁的哀號聲。

「不用理他，他這是苦肉計，待會兒他冷靜下來後，就自己會走。他在新竹沒有朋友，只能回花蓮去。」女生要比爾別緊張，情勢都在她掌握之中。

後來，事情果然像她說的，那男人果然走了。

女生把門打開，把擺在門口的水果和滷味拿了進來，說別浪費了，反正都是她最愛吃的東西。

於是，比爾和她就這樣吃著那男人送來的這些當晚餐，更離奇的是，一路吃下來，比爾不問，她也不說那男人是誰，兩人就這樣邊聊邊吃，好像剛剛的事一點也沒發生。

兩人交往了大約一年，女生向比爾提分手。

比爾說，他竟然沒有太捨不得，依了她的要求，兩人開著車到汽車旅館瘋狂的做愛一夜。

「那段記憶好清晰，我和她做愛做了一夜沒睡，大概清晨五點時從Motel離開，我看著晨光，心情卻好得不得了，覺得自己終於又要離開一段愛情了，卻一點也沒有傷心。」比爾這樣向半頹廢男人說。

不知道該怎麼說吧，半頹廢男人聽比爾這樣說著，想不到那背後是怎樣的心情，一個男人是因爲失去婚姻之後而對愛情冷漠？或是遇到這樣一段不知該如何言說的愛情？或是對自己下一段不可思議的愛情更有自信？所以心境變得如此，他也實在不想問個清楚。

他只知道，那眞的是一段不可思議的愛情與人生。

在妳體內留下愛情

半頹廢男人覺得下半身那巨大的歡愉如潮水將至，像浮上了雲端，俯看著在身體下方正不能自已呻吟喘息的她，整個人正小小的死亡著。

他感覺到她的收縮，像個黑洞般的把他往無盡的狂喜裡吸納進去，每一個吞吐之間都充滿了深情和愛意，讓他幾度不能自已。他知道自己已無能再堅持下去，或者，他知道放棄堅持將能讓自己得到更大的快樂。

他決定讓自己體內那片愛慾的江河大海自由，儘管對她美好的肉體仍充滿慾求。

半頹廢男人機警的想把自己從她體內抽離，像每一次歡愛的結局。

但是這一次她卻不許，反而整個人像隻無尾熊般的把他抱得死緊，恨不得吸乾他的每一滴，那呻吟於是從撒嬌式的索求變成催情式的挽留，更加速他的失控。

在巨浪來臨前的那一刻，他卻把自己的慾望按了暫停，整個人腦海從沸騰的慾望火山在瞬間化成了冰河，不知道自己該不該順從她這樣任性的要求。

但是這念頭其實也沒有想太久，他其實知道自己在幹什麼，於是把愛意義無反顧的傾瀉在她體內。

大浪過後，他抱著沈睡的她，卻是難眠，他想著自己剛才做了什麼。

他剛和愛人一起經歷了一場極大的人生冒險。他知道，她超愛小孩，萬一懷孕了絕對捨不得拿掉。

他想著自己爲什麼會答應她任性的要求，也知道自己的決定並不聰明，但是想到她心裡在那一刻的百轉千迴，也對自己所做的一切無怨無悔了。

理智告訴他，爲她也爲自己的人生好，他不該把愛情就這樣留在她體內。

但是，他也知道她爲什麼如此的堅持，如果不是對他愛得那樣深刻，她也不可能拿自己的人生來作這樣的豪賭。想到她的愛，他也不想讓自己愛得有所保留了。

他很清楚，他和她剛才所做的那些事，都不是貪圖肉體的歡愉而來，相反的，如果兩人只是爲了滿足感官的需要，整個事情不會這樣發展的，那樣的愛情

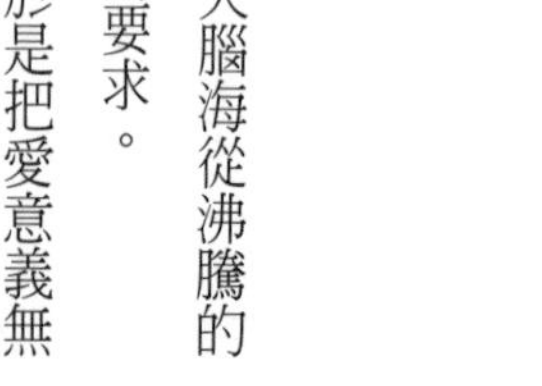

總是充滿自我保護和算計的。

他想起自己曾經歷過的那些女人，每一次的性愛，彼此腦子裡想的還是自己，所以即使兩人的身軀纏繞得再緊密，兩顆心永遠摸不到對方。那些性愛記憶裡，他總是覺得自己的心被一層層的保險套包覆著，當然，另一顆心也是。

但是和她在一起的每一刻，他感覺到自己堅挺的男性在她的體內化成一顆狂跳的心臟，在她身體裡那多情的宇宙昂揚的航行著，那於是也讓兩顆心就這樣緊密的貼黏在一起，那極大愛意歡愉也給他帶來一種錯覺，感覺她的陰道的盡頭連著她的心。

就這樣，每一次在她體內的探索和冒險，他總覺得那像是兩顆星子的重逢，他的陽具和她的陰道本是一體，只是被弄人的造化在人世分開，所以在歷經幾十年的尋尋覓覓之後，終於發現另一個失落的彼此，否則，他實在無從解釋兩人的性愛何以如此的動人而美好。

他又想起兩人剛才那狀似迷糊而不智的決定，心裡卻一點也不後悔。他知道兩人是相愛的，不管天堂或地獄都能牽手走下去。

在愛裡，每一秒都是煎熬

不是第一次和女人分手了，但是半頹廢男人這一次卻痛得不知如何是好。

是心的某個角落在痛，每一秒都在痛，連不呼吸都痛。平常在辦公室生龍活虎的他，現在只有那門面的一張皮，沒有人看得出，他那顆心其實已經毀得落花流水。

他一樣忙碌著，忙在開不完的會和永遠搞不完的大小工作裡，只是，分分秒秒都能感覺到，心裡那個巨大的傷口在流血。

已經不是痛能夠形容的了，如果是一個止不了血的傷口，連續流了五天五夜，那感覺其實已經不是痛，而是一種和死亡距離越來越近的憂傷和焦慮。

他覺得他的心在死去，那原來住在裡面的愛情也已經慢慢沒了呼吸。

太難過的時候，他會去喝酒，但是，平常酒量不是那麼好的他，這時候卻超不容易喝醉。

更難堪的是，他幾次喝到吐，吐到心肝肺都跳了出來，人卻是清醒的。

他哭過，在清晨和子夜，但是心情卻完全沒能得到紓解。

這才知道，原來失去愛的痛苦如此的清醒而眞實，他覺得這世界眞的是生來搞人的，讓幸福的人生像場夢，卻讓殘忍的人生都感覺無比的眞實。

他問一個搞創意的朋友過去如何面對情傷。

「看海、泡咖啡店，或者找女人發洩，反正就是想盡辦法把自己放空，什麼都不幹，什麼都不想，就像把舊的血放得一乾二淨，重新換個自己。」朋友說。

「反正你得認命，愛情這東西就是老天用來磨人的。」他看男人還是悶，補了這一句。

爲了讓男人好一些，朋友把自己最刻骨銘心的愛情和他分享。

他在大學時有個要好的女友，回想起來，曾經交過二十三個女朋友的他，仍然堅定的相信那是他這輩子最愛的女人。

兩人只交往三個月，後來因爲女方早有婚約而分手，但是他一直不死心，每天去找她，奪命連環call，call到她只能拔電話線，他反而跑到她家門口全天候站崗。

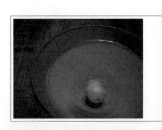

她看他眞的放不開手，乾脆搬家，而且斷了所有的聯絡，和所有親友說好不能對他透露行蹤，於是，她整個人就在他的世界中人間蒸發。

他怎麼也找不到她，這一找就是十多年，一直到現在，他仍不死心。

因爲他相信，她才是他這輩子的眞愛。

「即使我和現在這個女朋友已經在一起八年了，只要找到她，我馬上和女友分手去求她復合。」朋友表情認眞得像個革命家。

所以，那是一個十多年一直好不了的心裡傷口。

「你要有心理準備，我心裡那傷口的血就一直流到現在。」朋友的口氣充滿同情，但是聽起來卻像恐嚇。

半頹廢男人發現，原來這才是愛情唯一的眞相，在愛裡的每一秒其實都是煎熬。

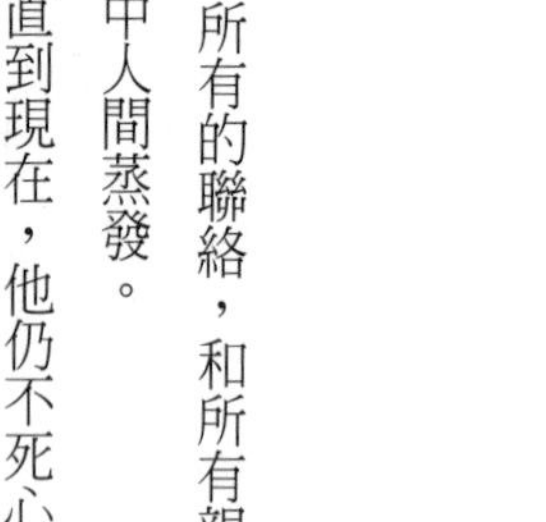

本來是，後來不是

和上個女人分手不久之後，半頹廢男人在酒吧裡認識了那位外商銀行女人，是朋友刻意安排介紹的，所以看來是爲他量身訂做的。

她告訴他，從外文系拿到學位之後，她到了美國讀碩士，專門研究日本文化。

「但是我一句日文都不會講，我是看英文資料研究日本的，從美國人的觀點來看日本。」她這樣對半頹廢男人說。

讓他覺得吃驚的並不只是這些，而是她和他上一個女人所有的內外特質看來如此之相似。

兩個人都腿長大胸部，兩人都英文極好，兩人也都是愛思考論辯的知識分子類型，兩人也都是單眼皮半短髮，他於是也更確定這是朋友的美意或陰謀。

曾經有那麼幾秒，半頹廢男人以爲坐在自己眼前的就是他上一個女人。

但是即使喝了些酒，他仍然沒有迷糊到讓自己那樣沈淪，故意去和她用語言拉近距離什麼的。他故作優雅，讓自己從容自在的說話。

「對不起，我要再來杯酒。」在內心這樣交戰掙扎的過程中，半頹廢男人忽然覺得需要再來一些酒精增加對她的抵抗力。

「你喝什麼？」她忽然好奇的問他，發動攻勢的意圖很明顯，除了兩人，整桌朋友們也自動降低聲量想聽聽可能的對話。

「日本威士忌原酒，我喝過兩次，比麥卡倫更像蘇格蘭的純麥威士忌，不過太烈，可能不適合女生。」半頹廢男人簡單的這樣對她細心的解說，希望她打消念頭。

「不管，我要喝。」她忽然這樣說，那自然而脫口的語言，像釋放出某種訊號一樣，讓人覺得她和他已經熟到一個程度，可以直來直往。

半頹廢男人知道，那是一種「做球」，一種姿態的給予。當一個女人使用這樣直接的語言，其實就是在釋放給男人一種可能，意思也像在告訴這男人「我不討厭你」。

於是他幫兩人都要了一杯同樣的日本威士忌原酒。

「哇，太正了，眞的比蘇格蘭純麥還道地。」她讚嘆的這樣對他說。

但是他並不是這樣的感覺，他打算誠實的對她說他的感受。

他想起自己和上個女人一直都是這樣，彼此心裡都不藏什麼話的，有話直說，他覺得自己已經開始有點移情作用，想從眼前這個女人身上找一些上個女人的溫柔，特別是兩人的外型如此之像，那長腿豐胸單眼皮，天眞如嬰兒那樣無心機的甜美笑容。

「那是因爲妳只喝一杯的關係。」他有點失望的這樣對她說。

「什麼意思？」她好奇的問他。

「這是我第三次喝這酒，第一次我覺得它是，第二次我覺得它好像少了些什麼，這一次我終於確定它不是了。」他這樣對她說，他想，她可能不知道他說的是什麼吧，但是，如果是上一個女人，她一定可以完全了解的。

她眼睛忽然亮了起來，那種眼神，好像腦袋吃到了什麼樣的美食那樣，散發出一種屬於知識分子被智慧取悅時才會有的光芒。

「好棒的比喻。我完全知道你在說什麼，我們在美國讀研究所時一直也在討論這事，這是日本人的最痛。」她激動的握住他的手，半頹廢男人只得強裝鎮定，但是其實想躲。他怎麼也想不到這樣有感而發的一段話，竟然對她產生這樣類似春藥的效果。

他很意外，她竟然那麼直接就能和他的腦袋溝通，知道他的意思。向來喜歡歸納批判的他，很少在這麼短時間內就遇到聽懂他這樣「類比式」說話的人，除了和上一個女人。他更感覺這兩個女人如此之像，連聰明的程度都不相上下。

「所以日本人做得出LEXUS卻做不出BENZ和BMW，做得出和蘇格蘭一樣的威士忌原酒，卻做不出眞正的純麥威士忌。」她主動幫他延伸解釋。

「這是靈魂的議題。」他故作神祕的這樣對她說，希望讓她反胃，也故意想讓這對話接不下去。

就在這一刻，半頹廢男人忽然對這個看來身心靈都無比吸引他的女人失去了興趣。

他知道她就像手中的這杯酒，他一直把眼前的她當成是上一個女人來觀看和投入自己，而她，眞的方方面面看來也好像她。照理說，他應該沒有理由不愛上她的。

但是，就在兩人對話的過程中，他也同時感受到自己對她感覺的那三階段變化。

本來覺得她是，後來覺得她少了些什麼，最後終於確定她不是了。

半頹廢男人於是知道，她即使和他上一個女人再像，或者甚至比她在肉體和精神上更能愉悅他，他也不會愛上她了，因爲她永遠不會是她，而他內心那個愛人的角色已經完全被上個女人給「客製化」了。

所以，任何一個女人再像她，也永遠不會是她，自然走不到他心裡。

「這是有關靈魂的議題。」他喝下手中最後一口日本威士忌，這樣對自己說。

那段記憶好清晰，我和她做愛做了一夜沒睡，大概清晨五點時從Motel離開，我看著晨光，心情卻好得不得了，覺得自己終於又要離開一段愛情了，卻一點也沒有傷心。

那在愛情惡海裡交換眼神的戀人們

半頹廢男人再遇到那個女藝術家已經是四年後。

在看到她的那一刻，半頹廢男人的記憶跌回到了四年前，那粗魯直接的發言連他自己都覺得吃驚，一直記到現在，因爲個性謹愼如他，很少說話這麼冒失的。

「但是，說句失禮的話，台灣的藝術行政體系，就是爲政治服務吧。」現在想來，這句話對她幾近是人身攻擊。

他自己邊回憶邊流冷汗。女藝術家正是台灣藝術行政殿堂的最高權力核心，十多年來，她一手從國外引進最具分量的展覽到台灣，也把很多重量級的台灣藝術家帶到國外去。

不過，這無禮冒失的話她並沒有生氣，反而整個人臉上的那層冰頓時化開。

半頹廢男人懂得那表情，那像是兩個惡海上的漁人在交會時才會有的凝視，她完全懂他說的這些官場裡的枝枝節節。

「你講得太好了。從來沒有人敢在我面前這樣說。」她忍不住一巴掌拍上了他肩膀，對他說。

想來也是，這樣教母級的人物，哪個藝術家不是爭著巴結她的？連她的老闆都得因爲她的專業客氣三分，她聽到的聲音還會有別的才怪。

「我沒多想什麼，只是想說我了解知道的事。妳這角色要做得好，要先懂得和政客打交道，不是去和藝術家打交道，但是，不懂藝術家要什麼，妳也失去了自己的價值。」咬著Cohiba SigroⅡ雪茄的半頹廢男人一口氣喝掉半杯Cuba Liberty，蘭姆酒和可樂與雪茄在他胃腸裡交歡的那一刻。他覺得肚子裡有一堆話不吐不快。

她開始笑了，兩人一路談了三個小時。

之後也沒再聯絡過。

四年後的現在，她又出現在他面前。

「我們好像見過？」她好奇的問他。

於是兩人又把四年前的記憶找回來。

她說，四年前和他聊完之後，她的人生經歷了不少事，這些事都是她過去不會做的，像是給自己放了一年的長假去歐洲流浪，還有，談了幾次戀愛。

半頹廢男人了解這裡面的意義是什麼，一個藝術家不能沒有流浪和愛情的。

「但是——」他又像四年前一樣說了但是。

「愛情這件事，只會越來越慘不是嗎？一旦開始就只是數著時間等著結束。」他覺得很奇怪，每次遇到她都會講這樣怪怪的話。

她又笑了，一樣是那惡海裡相遇的漁人的笑。

「說到這件事，我應該可以教你的，因爲這四年我談了不少次戀愛，有心得的。」她說。

「我跟每個愛人都這樣說。」她說。

「記得，我們在一起，現在，這一刻就是我們愛情最美好的高峰，再來，這愛情很自然的會因爲種種因素走向下坡。」她說，她完全了解也同意半頹廢男人說的。

「所以，我們一定要一天比一天更努力的去愛彼此，把每一天都當成是我們愛情的最後一天。」她認眞的說。

半頹廢男人覺得自己被上了很棒的一課。多奇妙啊，四年前一次無心的投資，得到這樣再次領略愛情的機會。

我愛妳愛得無能為力

說好了分手，兩人卻還是再見面了。

她一坐進他車裡，腦海裡便充滿了他的味道，那曾經和她的身體與靈魂如此親密的氣味。

他也是，打從她一坐進車裡，他整個人便陷進她的體香裡，那讓他如此心醉神迷的愛情之味。

半頹廢男人想伸出手握她，像過往每一次她剛坐進車裡的時候。

然後她會靠在他身上，輕輕哼著歌一路陪他。她會一直唱著最愛的那首〈How do I live without you〉。

在那些片刻，他總感覺無可比擬的幸福，但是又有相當的不安與恐懼湧上心頭，生怕下一秒就會失去她。

就像這一刻，她活生生的坐在他面前，但是那顆愛他的心看來已死去，那美

好的愛情眞的已逝去。他覺得自己活在一個絕望的愛情地獄。

她不再像以往那樣的抱他吻他，也不再唱歌了，只靜靜的坐著，眼神也不望向他。

他的車就這樣沒有方向的漫遊著，兩人用沒有喜怒的表情掩飾著分手再相聚的不知所措，沒有人知道該如何開口打破沈默。

「你要到哪裡去？」她忽然有點不安的這樣問，語氣好像在擔心他下一秒會有什麼不智的言行。

他忽然感覺哀傷，覺得自己竟然沒辦法讓她感覺那愛意仍深刻的存在著。是的，他愛她，不願她受任何傷害，過去、現在、未來和永遠，但是她顯然不明白。

他只能如同以往那樣，重複訴說自己的歉意，像個笨拙可憐的失敗者，只是這一次多了些客套和陌生。

她忽然覺得憐惜，不捨他這樣的受傷，於是開始聊起兩人分手後的點點滴滴。

「其實很苦的，這段時間我無時無刻的想你感覺到你，那種種的痛楚和焦慮好不可思議，而今，我覺得自己好不容易走過來了。」她開始有了些笑容的說。

她告訴半頹廢男人自己走過那些思念他的人生風景。

剛分手的那個星期，她強烈的想他，不只是腦子想，身體更強烈的思念他。

「那天我們公司聚餐，大家吃喝得正高興，我也正笑得開心，忽然看到老闆祕書眼角的魚尾紋。她笑起來的時候，整個眼角就拉起一個小山丘，一座佈滿魚尾紋的小山丘。」她試圖把那個現場用這樣的比喻重現給他。

「你知道嗎？那一刻我想到的竟然是你那裡的『蛋蛋紋』，眞是像極了。我整個人馬上又回到我們那些做愛的記憶裡。我想起了你身體的每一吋，那對我來說是如此熟悉。」她說。在那一刻，她從一個女人眼角的魚尾紋看到了他最私密的男體，那樣匪夷所思的記憶帶給她的竟然不是快樂。

那一刻，她的心反而是憂傷的，覺得那個曾經帶給她靈魂和肉體極大快樂的愛情已經失去。理性告訴她，她無論如何也無法說服自己爲了性而再回到這一段愛情。

她知道自己在失去愛情的同時也失去了性慾，甚至刻意的壓抑自己。本來以爲那是很自然的從心情牽動生理，到後來明顯的感覺到自己的身體也開始在抗議。

隨著分手的時間越久，她身體的焦慮和不安也更明顯，於是在會議桌上爆發開來。她明顯的感受到自己情緒已到了崩潰邊緣，又氣又哀傷，和同事邊爭吵著邊哭泣，自己也不知道是怎麼一回事。

「崩潰過之後，我才了解那是怎麼一回事。我的心告訴我的身體，我已經失去愛，所以也失去了性，我的性需要再也不能像過去一樣得到穩定的滿足，那讓身體產生了一種不滿和恐懼，也打亂了我的情緒。」她一一回憶起那段時間的難受。她說，特別是靠排卵期越近的那幾天，她整個人情緒不穩到了極點。

「那種感覺好像身體在發出一種訊號，因為排卵期的到來而帶動性慾的需求，但是理智又來一個訊號告訴身體已經沒有過去那樣的性生活來滿足自己了，所以情緒就更加的不安而焦躁。」她試著對他說出更細節精準的感覺。

他忽然覺得好心痛，想要緊緊的抱住她。

但是他知道此刻的她並不要他這樣做，他知道如果真愛她就不應該讓她為難。好好的聽她陪她，這就是此刻她要的。

他終於了解，儘管把愛壓在心底，她仍然像過去相愛時那樣的相信他，在他的面前毫不保留自己，更相信他會在這時體貼她，不會有任何讓她爲難的言行出現，像是失控的用言語或行動要求她重回這段愛情。

半頹廢男人看著她，忽然覺得自己的幸和不幸。他遇到一個如此特殊又深愛的女人，兩人如此的相知相惜又相依，他卻又不能好好愛她。

特別是在她無所保留的訴說她對他的種種愛戀與依賴的這一刻，他是如此愛她，卻也是如此的無能爲力。

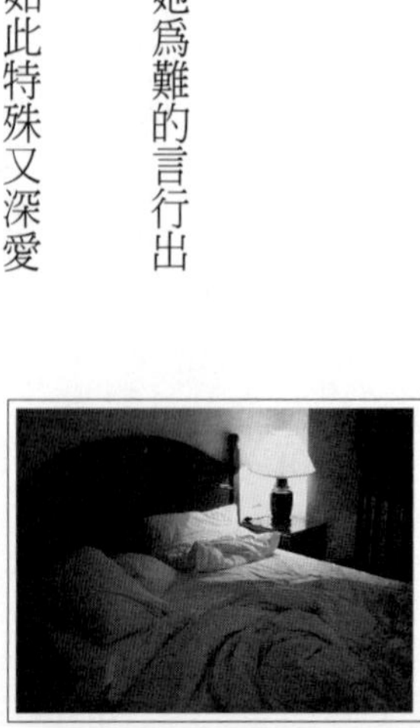

那活在悲涼情愛記憶裡的寂寞靈魂

半頹廢男人在網路上和一位寂寞的靈魂對話。

「放手吧，他都已經爲這段感情畫下句點了，但我看來妳卻只寫下逗點。」聽完她的故事，他像個影評家這樣評論她的那段悲涼愛情，用那種故作輕鬆和優雅的語氣。

女人在MSN上告訴他，兒子上了高中之後，她一直忘不了大學的初戀情人，也更確定自己其實並不愛那個和他一起生活了二十多年的老公。當年結婚的決定完全只算計到柴米油鹽，於是嫁給這個收入看來比較好的男人。

兒子上高中之後，她向老公提了離婚，他不肯，於是她只得離家出走，在地球的某個角落過著自己的人生。

她於是知道，自己的愛情其實早就埋葬在那個曾經被她拋棄的男人身上了。但是這個事實也完全沒意義了，二十多年過去，他再回來也不是當年那個他，而且，她也不想給他的人生任何意外。

半頹廢男人懂她的意思，因爲二十多年前，自己也曾有過類似這樣的一段人生。

是大學時交往了四年的初戀情人。當兵的第三個月，他在軍隊裡接到她兵變的來信。她簡短的告訴他，不能等他了，要他保重，祝他幸福，其他的就沒說什麼。

他當時痛苦得想自殺，除了心裡有無限的猜疑，懷疑她和別的男人交往，更不知如何紓解被遺棄的悲憤。

他於是也知道，爲什麼很多女生會選在男生當兵前說分手，至少，彼此都不用背負愛情的種種可能風險。女人不用忍受寂寞，男人不需要在人生最無助的時刻面對愛人的背叛。

那次的兵變最後並沒有成功，她的信停了半年後又寄來，兩人於是復合，儘管他從朋友那邊知道她這半年裡和別人交往的事，她一直不提，他也不想問，兩人的愛情看來像沒發生過這一回事似的，又回到了以前。

當時半頹廢男人並不知道，兩人復合之後，其實在他當兵這段時間，她又遇到了別的追求者，只是她捨不得向半頹廢男人提分手，就在兩個男人之間這樣搖擺著，一直等到他退伍後。有一天，她忽然要求他和她結婚。

那時半頹廢男人才剛找到工作，在一家清潔用品公司當小業務員，連自己都養不活。他安撫她，說一起拚個兩年，等存了些錢再來結婚。

她沒說什麼，從那天之後就開始和他冷戰。

他當時忙著在職場裡求生存，也沒有多想她可能有什麼，兩人的關係越來越淡，到後來甚至三個月都沒有聯絡。

直到有一天大學同學打電話來告訴他，那女人在一個星期前結婚的消息，他才知道這段愛情其實已成爲過去。

但是這一次他其實已經不像當兵時收到她分手信那樣傷心了。理智告訴他，這愛情眞的過去了，再留戀只是彼此的痛苦。

但是他還是痛苦，只能在每天下班後，用廉價的酒精來讓自己痲痺，那之後的整整一年，他不知道自己該如何處理自己。

後來她又來了電話。她說，經過一年的婚姻，她想清楚了，她愛的還是半頹廢男人，想要離婚回到他身邊。

聽到她這樣說，半頹廢男人整個心都化了，差點想再向愛情投降一次。

但是他沒有，只能平靜的告訴她，他不想再傷害更多人，要她好好的經營自己所選擇的幸福，至少，那男人可以給她豐衣足食的人生，而他，對自己的未來完全沒有把握。

她哭著求他，甚至在電話裡要割腕自殺。電話裡傳來那男人跪下來求她的聲音，那也是他最後一次聽到她的聲音。

此後兩人也就沒了音訊，後來聽說她並沒有和那男人離婚，兩人還生了小孩。

後來半頹廢男人也結婚、生兒育女，就這樣過了二十多年。

二十多年後，在電腦網路上看到一個曾經和自己有著類似悲涼人生的女人。他心中有的，竟然是自我憐惜。

他知道自己最心底並沒忘了那愛情，本來他眞的以爲自己忘了，因爲對自己的理智太有信心，以爲沒有了她音訊之後，腦子和心裡都可以和她斷得一乾二淨。

「其實很難的，前陣子我和老婆聊天時，她忽然告訴我，我們剛結婚的前幾年，晚上睡覺時我常抱著她說夢話，卻一直叫著初戀情人的名字。」他在MSN上把這事和她分享，希望她好過些。

她笑了，覺得這陌生的男人眞坦白得可愛。

其實，半頹廢男人說二十多年都過去了，自己也還不確定有沒有眞的忘了她。

聽他這樣說，她反而回過頭來安慰他，兩人就用文字在網路上撫著彼此的靈魂傷口。

這是一場惺惺相惜的MSN。兩個人生有如此雷同愛情境遇的中年男女一路在網路上聊到深夜。經驗和直覺也告訴彼此，再聊下去，一段愛情很可能就會這樣開始。

是宿命吧。如果再聊下去，女人就會發現半頹廢男人其實就是她的初戀情人，而彼此竟然是自己人生最悲涼愛情故事裡的主角。

2

有些幸福不屬於炎夏

命

「你相信命運嗎？」半頹廢男人在網路上問一個平常很少聯絡的朋友。

他之所以會這樣問，是因爲她在一個星期之內算了兩次命，兩個不同的算命人都告訴她，要趁早離開他，她和他不會有結果的。

她其實是不迷信的人，只是兩個算命描述她和他之間的一切都準到讓她吃驚。

從什麼時候開始交往、大規模的吵架到幾次的分分合合，都說得一清二楚。她邊聽心裡直發毛，回來後都一一說給他聽，反正，她最在意的那句話是：「兩人是不會結婚的。」

就這句話，讓她下定離開他的決心。

「我們分手好不好？」她表情和語氣平靜，除了不斷的抱著他流淚，一切看來都還好。

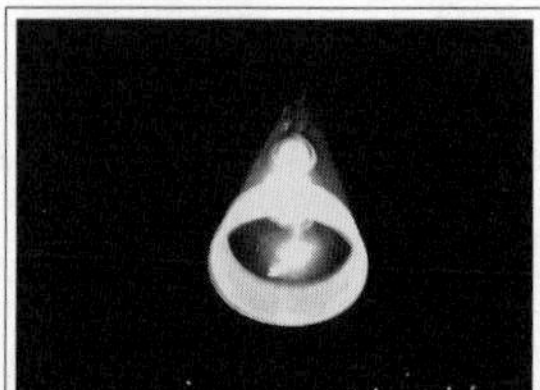

男人知道她不是在問他的同意，而是想好就是要分手了，他點點頭，因爲想到彼此都有許多難處，特別是他沒有把握自己能照顧好她的人生。

於是他和她就這樣分手了，也開始這段日日夜夜的情傷折磨。

他試過很多方法讓自己好一些，但是總是沒辦法，不管在跑步機上連跑兩三個小時，或是在睡前把自己灌醉，都沒辦法讓自己好一些。想到失去她的痛苦，他只感到自己在這世界上無處可躲也無處可逃，眞的不知道該怎麼辦才好。他痛到六神無主。

於是這一天在MSN上才會問出這個問題。

「這我有經驗。」很意外的，那個朋友回了這一句，於是也說出他自己的故事。

是另一個年紀和半頹廢男人差不多的男人，做的也是創意工作。

他曾經有個女人，本來準備結婚的。結婚前，女方找了算命的合八字。算命的說兩個人在一起的時間越長會帶來更多的不幸，千萬不能結婚。

他本來不信邪，結果算完命沒多久，女人的老爸就過世了。

她心情大受打擊，覺得是自己不聽算命的話造成家裡的不幸。

「只是巧合吧？你們又沒結婚。」他好奇的問友人。

友人說，本來也覺得不可能這麼邪門，但是她堅持要分，他也只能答應。

分手一陣子之後，兩個人又忍不住舊情復燃，開始回到之前的關係。

想不到不久之後，她媽也過世了。這下子，她再也愛不下去了。

「於是，我什麼話也說不出來了，只能由她。」友人說，他活到這把年紀，戀愛過不少次，但是她卻是他最愛的女人。

兩人分手之後，友人受不了失去她的痛苦，自殺了幾次，卻都被救了回來。

「大概我上輩子做了不少壞事，老天爺眞的要我受苦吧。」在MSN上，友人下了這樣的結論。

男人忽然不知道該再說些什麼，相愛的人不能長相守，看來是很多男女一生共同的痛。

他的心還是痛，想到失去所愛，也知道自己這一生從來沒有如此愛過一個人，更知道自己要這樣愛一個人有多難。

不過，至少那算命還眞的算得滿準的，他和她終究是沒能結成婚，而且已經分手。

不過，他還是搞不清楚，造成他分手的是命運還是那算命。

非典型幸福

自從和阿曼達分手之後，半頹廢男人幾乎天天喝醉。爲了方便喝醉，也爲了省錢，他於是開始學著搭捷運回家。他在大坪林站下車，走路五分鐘就到家。

「如果你要喝酒，就千萬別開車。」他還記得和阿曼達在一起時，她總是在他出門時這樣叮嚀他，口氣和表情都像媽媽。

後來，阿曼達從唱片公司的宣傳小妹升格爲製作人，成功的培養出許多新人，成爲這個圈子的當紅炸子雞。

他越來越以她爲榮，也越來越覺得自卑。

阿曼達越來越忙，忙到三天兩頭不在家，成天在男人堆裡混，音樂圈裡又是如狼似虎的色胚一堆。他的疑心病於是在日積月累之後迸發，但是阿曼達還是沒空理他。

每次電話一撥通，她總是忙得沒空講話，人不是在南港就是在香港，總之，

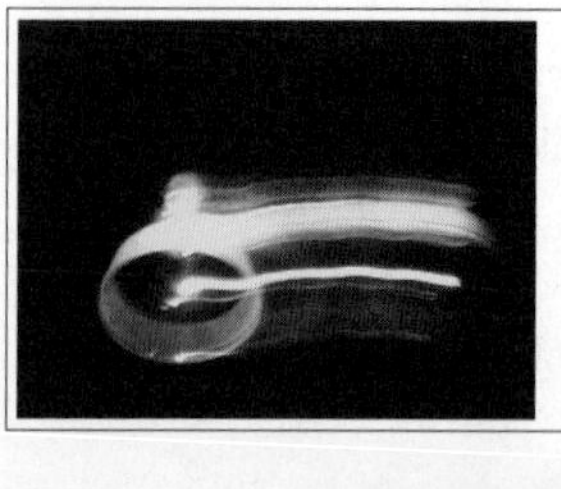

他連想開罵都不好意思，總覺得自己好像打擾到她。

半頹廢男人於是悄悄搬離開那個已經不像家的家。他想，人還在中國談案子的阿曼達可能要很久之後才知道吧。

一個人住的生活其實難熬，工作朝九晚五的他只能在下班後天天到酒攤報到，把自己喝得爛醉想忘了她。他知道自己天天在等阿曼達電話，但是她就像死了一樣一點音訊也沒有，想來也在氣他。

他不想再去照顧她在想什麼了，也很清楚自己不想和她回到過去那種惡夢般的日子。他想，也許讓自己麻木空白一段時間，思念和痛苦都會過去。這時候，不算趁虛而入的，露絲來了。

露絲原來和他同公司，五年前到上海發展，現在已經在那裡落地生根。為了生意，現在在兩岸來來去去。

兩人在酒吧見面時他還算清醒。很奇怪的，看到露絲的那一刻，他覺得自己已經不再迷戀酒精。他知道，眼前這個陌生又熟悉的女人，已經走進他的生命。

此後，只要露絲回到台灣就會找他聊天。她總是靜靜的聽著這男人說他曾經有多愛阿曼達，當然，她也知道他其實現在喜歡的是她。

她也喜歡他，只是兩人一直都說不出口，不知道爲什麼。

「我送你回去吧，看你今天喝了不少。」這一天，露絲主動提議要送他回家。

兩人坐著捷運在大坪林站下車，走在燈光慘白的地下道裡，他覺得自己腦子在打架。

他不確定自己還愛不愛阿曼達，但是眼前的露絲卻正陪著他。他有點醉，卻講不出一句話，然而露絲從他像梁朝偉那樣深藍的眼神中讀得出他想說什麼。

走到家門口，他請她進來喝杯酒或茶，但是露絲搖搖頭，因爲知道這男人還沒忘了阿曼達。

看著露絲離去的背影，半頹廢男人整個人也沒了氣。走進客廳，他忽然決定打表白電話。

半頹廢拿起手機，撥了電話給露絲。

「妳別去上海了，我愛妳。」他不知道自己說了這話可能會有什麼後果，但他還是說了。他也知道，自己如果不是醉了，絕對沒有勇氣向露絲講這話。

露絲沒有任何回答，她掛上電話，他開始狂call，卻在話筒裡聽到電話關機的語音回答。

露絲好久一直沒有打過來，他覺得自己幹了一件宇宙超無敵的大蠢事，開始暗罵自己的魯莽與猴急。他想，也許沒有答案就是露絲的答案。

隔了一千年那麼久，他的手機忽然再度響起，是個陌生的號碼。

「對不起，你剛一講完話我手機就沒電，想了半天才鼓起勇氣跟計程車司機借電話，我要告訴你，我愛你。」露絲無限溫柔的掛上電話，要司機掉頭往他家的方向開。

就像這一刻，她活生生的坐在他面前，但是那顆愛他的心看來已死去，那美好的愛情真的已逝去。他覺得自己活在一個絕望的愛情地獄。

思念是一種不道德的病

「不許想我。」分手的電子郵件，她這幾個字特別寫在最後。

那幾個字在半頹廢男人眼裡慢慢放大，想來是眼裡已經積了太多淚水的關係。

「不許想我。」這幾個字像泡了水一樣的慢慢脹大，後來竟然變成「否則後果自行負責」或是「吸菸或愛情有礙健康」這樣的警告標語。

他的淚像抱不住的雨水，一滴滴的掉在電腦鍵盤上。

本來只有兩三滴，像是在警告大雨將至。

然後，過沒多久，淚珠們終於達成協議，串串的奔流而下，劃過冰冷的臉，流進他那憂傷得像兩萬里黑洞的心裡。

他覺得自己好沒用。原來那種頂得住整個宇宙的自信只是一種自不量力，在每一次愛情裡，這看來精明幹練的男人，其實也不過是一張皮罷了。

已經被工作訓練成解讀分析狂的他，想著自己爲何會被這段愛情傷得如此之重，這已經不是他所認得的自己了，他總認爲自己是個對自己殘忍對痛苦健忘的愛人。

他於是試著變成另一個人來觀看自己，用另一個自己來和現在這流著淚的自己對話。

「難過嗎？」那個被自己幻構出來的另一個自己問了這超白目的問題。

「比死了還慘。」他對白目的自己說。

「你想，她爲什麼叫你不許想她？」白目的自己又問。

我哪知道啊？女人不都這樣，老講些男人不懂的話，又老說男人不懂她。

「因爲她知道我吧，或者，她也知道自己吧。」他還是耐住性子認眞的想這白目的問題。

他於是開始想著一些自導自演的畫面，每一個假設都狠狠的把他那些自作多情的相思給摧毀。

假設一，她還深愛著他，只是不想再讓彼此陷在這愛情無止盡的痛苦裡。所以，如果他眞的愛她，就不應再想她，不該讓她看見自己如此痛苦，她愛他，只

想看他活得好。他不想她，讓自己活得好，這才是愛她。

假設二，她不愛他了，決定接受新的感情與幸福。如果是這樣的情況，他更不應該想她。當她已經不愛他，他對她的每一分思念都是她的負擔。

他於是明白，對她濃烈的愛與思念是極其不道德的。

這愛情誕生的第一天，其實已經注定走進今天這樣每一秒都是折磨的局面；但是，在另一個同時，兩個人的天真和勇敢也給了這愛情極其荒謬的合理性。愛情，給了她和他所做的每一件事高貴的答案。

就像波赫士說的，愛情是個愛犯錯的神。愛情，總是越錯越美。

「所以，現在你覺得自己連想她都是罪惡？」那白目的自己口氣開始變得像個扮豬吃老虎的心靈導師，一眼看進他心底。

他又被拉開了淚水閘門，只得低頭不語。

他知道他的思念會讓她不捨，捨不得看他在這愛情中這樣被消磨。於是只有在這裡自己消磨自己，不斷的進行著一場無止盡的自我對話和辯論。

他不斷的在腦海中告訴自己，不准想她，因爲想她的每一秒都是罪惡，只會爲自己和她帶來更多更大的痛苦。

他終於明白，她爲什麼要在分手信的最後寫著不准想她這幾個字了。因爲她太懂他，知道他會想她。這思念會讓兩人更痛苦，而這無盡的痛苦和無解的難題，會就這樣來來回回的生生滅滅，成爲他和她永生走不出的大黑洞。

這時候，半頹廢男人忽然覺得，對她這樣止不住的思念，竟然是一種極其不道德的病。

毒藥愛情與馬丁尼

自從和她分手之後，半頹廢男人就離不開馬丁尼了。

他知道，那是一種不捨。他始終心裡有她，不管他再如何的經歷其他的女人。十年過去，馬丁尼一直是兩人愛情永遠的圖騰與墓誌銘。

在一起的那段歲月，她總是在兩人做愛之前調馬丁尼。酒精度百分四十的琴酒加上酒精度百分之二十的馬丁尼，放進大冰塊搖勻，再倒進冰箱裡拿出冒著冷煙的Y字形杯，最後放進清水橄欖。邊調著，她邊用女巫般的眼神瞇著眼看他，性感的單眼皮和嘟著油亮豐潤的唇，像是在告訴他自己調的是毒藥，如果想喝，後果請自行負責，也像是兩人愛情的某種隱喻。

他知道她用了多大的勇氣和決心來愛他，當兩個人千百次在城市邊緣的小屋深情做愛，他腦子裡也時隱時現的想到她老公和小孩，但是這兩個赤裸的背德者，終究無法克服心中那霸道得不得了的愛情，明明知道自己喝的是毒藥，卻視

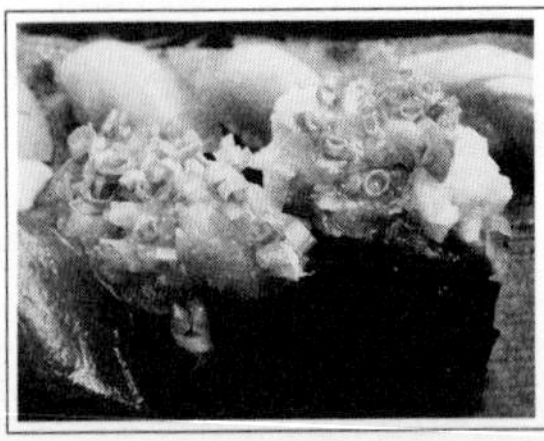

死如歸的大口喝下。

她總喜歡細細的品嘗馬丁尼和他的愛，腦海裡隨時可以精確的播放出那一幕幕令她銷魂的高畫質影像，千萬次的靈肉歡愉。

她會穿上裕袍等待他深情的手划入她的胸口和雙腿之間，然後，他會像拆禮物般的一層層把她剝開，像魔鬼也像天使般的開放出她完全藏不住的慾與愛。在馬丁尼的催化下，她無法再想像這世界上有比此刻更美好的愛情了。她相信，和兩人的性愛比起來，再經典的A片也只是粗糙不堪的動作片。

她總喜歡在鏡中觀看兩人的身體。她會一寸寸的看個仔細，只怕每個下一秒這些深情都會成爲不再的回憶，而半頽廢男人也總愛在這一刻從背後緊緊的環抱著她，讓兩人的肉體緊緊的相依著，並帶著隨時蓄勢待發的情慾。

但是兩人卻也從不貪心的再去開發體內的高潮，因爲從鏡中深情對望的那一刻更是讓人不捨的溫存，就這樣，兩個人喜歡一直看著鏡子裡一絲不掛的愛人和自己，在經歷美好的性愛和馬丁尼之後。

兩人分手之後，馬丁尼於是成爲半頽廢男人回憶她的起點。他知道，只要他調起馬丁尼，和她所經歷過的那一幕幕愛情就會回來。

那其實是無比殘忍的事，一個男人必須不斷的面對自己內心最脆弱的那個角落，既要深情的去找回過往，又要故作優雅的騙自己說自己有多堅強多不在乎，所以他只能一杯杯的喝，同時飲下對她的思念和大量的酒精。

他知道，這樣喝馬丁尼，第一杯和第二杯會是天堂，喝到第六杯就成了地獄，那時所有的馬丁尼會像水泥般凝結在他腦袋裡散不去，卻可以讓所有的苦與樂都暫時離去，他對她的思念也會好過一點。

十年過去了，剛分手的時候，兩人還不捨的做了約定，每年一定會一起離開台灣去國外度假一個星期，到地球上任何的角落去，再重回那段喝馬丁尼和做愛的日子。那一百六十八個小時，每一秒都無比的眞實，他甚至覺得，自己每一天的人生，都是爲了和她重回這一百六十八小時的美好而活著。

就這樣，兩人一年重聚恩愛的一百六十八小時的約定連續進行了三年，她卻開口向他喊停。

因爲她無法再忍受這種一年只爲一百六十八小時而活的日子。他的情況也和她一模一樣，兩人都覺得自己已經到了忍受能耐的臨界點。

兩人彼此的慾與愛並沒有因爲長時間的分離而散去，反而一年比一年更濃。

他和她都相信，彼此的人生再也找不到如此可以靈肉相依的人了，這也使她和他異常的焦慮。她知道，她無法離開她的婚姻和家庭，也不捨他背上這樣敗德的罵名。

「是時候了，我們停止服用這樣的愛情毒藥吧，讓我們從這段愛情全身而退。」第三年的相聚之後，半頹廢男人離開她身體的時候，她忽然這樣對他說。

他無話可說，兩人只能無話的相擁哭泣，彼此吮著對方的眼淚，想要把握那最後的溫存，卻只徒然讓熱淚灼傷了靈魂。

此後到今天的每一秒，半頹廢男人仍然不能停止想她，也沒有一秒不想打電話給她，但是卻一直忍到今天，因爲想到她的痛苦與爲難，所以打從第三年之後，那無比甜蜜可貴的一百六十八小時之約就沒再繼續。他試著不斷去經歷愛情，卻始終無法讓任何女人走進她在他心裡的那個最深情角落。

他知道自己今生走不出她愛情的天羅地網，只能日日夜夜調著馬丁尼來想她和痲醉自己。

關於女人的性慾

從上海回台北，飛機一落地，半頹廢男人便迫不及待的找她。他狂call電話，但是一直都沒人接。他留了話，說他有多急切的想見她。像每一次的重逢一樣，他可以想像兩人見面之後的可能情節。接她下班，然後兩人到兄弟飯店二樓吃台菜，以一解他長年在上海對道地台灣味的鄉愁，然後他會到她的住處，激情溫存一整夜，滿足兩人對彼此肉體的思念，每一次都超瘋狂。

這樣的日子過了五年了，半頹廢男人總是每隔個一兩個月回來找她。兩人一見面便瘋狂的燃燒，恨不得把體內的每一滴情慾都燒光。這樣的日子久了，他覺得奇怪也覺得很不奇怪。

奇怪的是這樣長達五年的偷情關係竟然熱度不減反增，他在上海也不是沒有女人，但是無論如何都沒有一個女人能給他這樣的天堂經驗。

她是個專注且喜愛享受性慾的女子。對她來說，性甚至比美食和旅行都更值得專心投入，她樂於享受性愛過程的每一秒，從不認爲這件事是只爲男人服務，相反的，她認爲自己的感受反而比另一半更重要。她知道，在這件事情上，男人最大的成就感是來自於女人的滿足。

這其實也就不足爲奇了，因爲他是她覺得對的男人，她像在採礦式的開發兩人在性愛上的種種歡愉。她總是細心的準備規劃，在兩人的性愛旅行前想像各種新鮮狂野的劇本，也因爲這樣，兩人只要一上床往往就是五、六個小時後才下床。

五年來的很正常的不正常關係讓他和她都非常沈迷，彼此也早就認爲此生遇不到這麼好的性伴侶了。

這也使得被工作長年困在上海的他對她非常的渴望，但是這一次，他竟然在下飛機後一直找不到她。照理說，她應該比他更等待這一刻的相會才對啊？

上一次他回台北已經是兩個月前的事，他覺得身體內那股對她的需要已經積累成江河大海，隨時可以對她狂猛的傾注。天啊，他知道自己不能再想她下去。

他又試著撥了幾通，電話終於接通了，她的口氣前所未有的冰冷，讓他想到去年在哈爾濱拍過的那些冰雕。

她要他到公司接她下班，他覺得有點怪，但是也不好問什麼，就依她安排。

那是一頓話語出奇少的晚餐。當她一坐下，兩人四目相對，他就覺得事情不對了。

「妳有事要告訴我？」他問。

「嗯。」她說。

「我覺得我不愛你了。」她接著說。

是吧，他知道她本來就不愛他的，她只是無法抵抗每一次看到他時體內不自主燃起的那強大性慾。

所以，本來兩人之間其實只有性慾吧，五年來他都自以爲是的這樣認爲。

她不想和有家庭的他有任何結果。經歷過一次婚姻之後，她知道自己適合過什麼樣的生活。一開始，她也以爲兩人的關係是因爲這樣強烈的性慾所驅使而存在下去。

但是，在她對他失去愛的這一刻，他才知道這整件事情是怎麼一回事。

現在聽到她這樣說，他有點錯愕，但是並不是那麼的驚訝，在看到她眼神時他其實已經有了一些感覺。

「有別人？」他試著問。

她搖搖頭。

「那是為什麼？」他有點不捨也不甘心。

「說不上來，我就是知道我不愛你了，而且是很清楚明白的知道。」她臉上沒有太多的悲喜，也沒有遲疑或編造故事的眼神。

「以前每次見面，一看到你，我都恨不得趕快把全身衣服脫掉騎到你身上去瘋狂的享受你，但是現在，我一點也不想了。我想，那應該不只是我對你失去了性慾這麼簡單。」她停了一下。

「而是失去愛。」她又接著說。

半頹廢男人於是了解，原來這五年來女人是一直強烈愛著他的，只是兩人彼此都不知道，而只當成是一場性遊戲。

一直到這一刻，女人對他失去了慾望，他也才明白，原來女人這種動物是無法對自己不愛的男人產生強烈的性慾的。

半頹廢男人於是也失落了起來，一種屬於男人發現自己失去愛時的那種失落。他於是知道，他愛她。

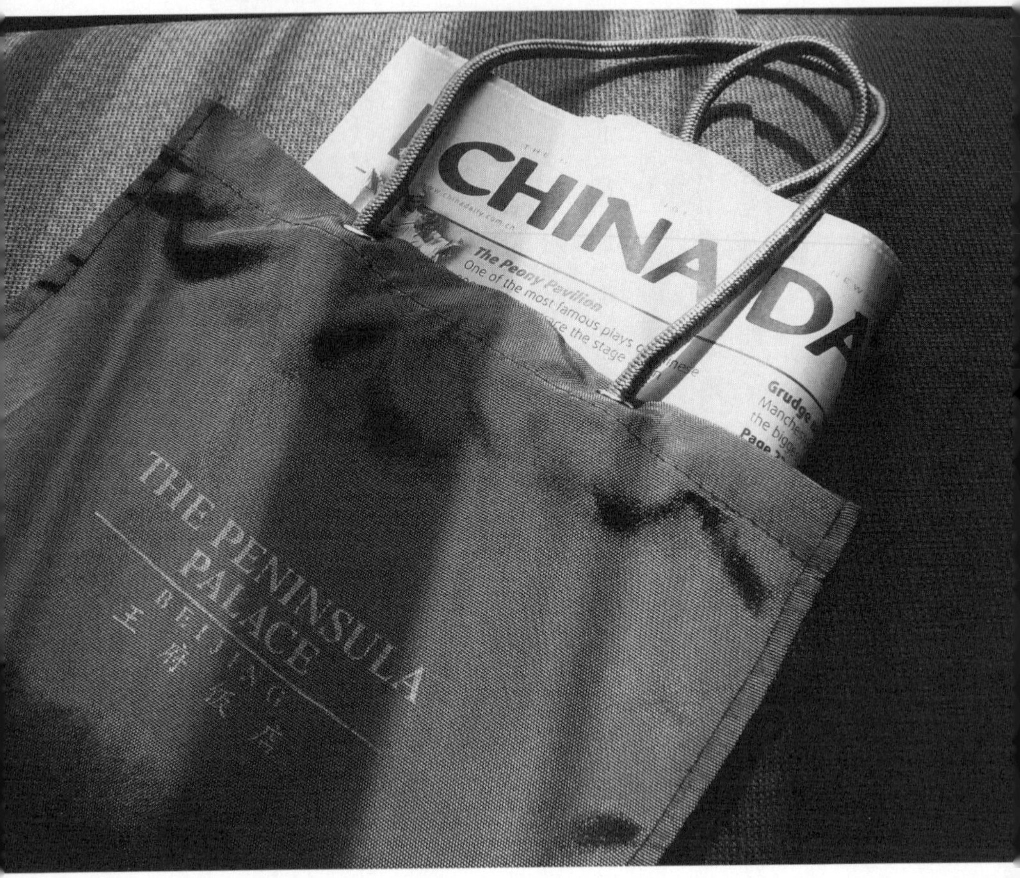
CHINA
The Peony Pavilion
One of the most famous plays
THE PENINSULA PALACE
BEIJING

屬於她的愛情記憶，像是無孔不入的病毒，不分白天黑夜的攻擊著他那顆仍深愛她的心。不管他走到哪裡，台北的每個角落都有他和她所經歷的愛情風景，提醒他那些過往有多美好。

愛情植物人

她決定把兩人的愛情維生系統拔除。

她知道，不這樣做，她無法把半頹廢男人忘得乾乾淨淨。

也就在這一刻，半頹廢男人才發現自己陷在這段愛情裡有多深，即使明顯的知道這段愛情已經像是送進加護病房的植物人。

說好要分手的那一刻，他天眞的以爲自己可以受得起，給自己一個月的長假四處去旅行，天涯海角去遊山玩水，試著離開屬於她的時空和記憶。

但是再回到台北時，他整個人又不行了。

那些屬於她的愛情記憶，像是無孔不入的病毒，不分白天黑夜的攻擊著他那顆仍深愛她的心。不管他走到哪裡，台北的每個角落都有他和她所經歷的愛情風景，提醒他那些過往有多美好。

他覺得自己無處可逃，終於忍不住和她約了見面。

她一臉冰冷的上了他的車，像是穿了最高等級防護衣的病毒防治人員。她說，她決定要爲這段已經快看不到生命跡象的愛情「拔管」。

他不知該開口向她說些什麼，也不知道自己這樣做是爲了什麼，儘管清楚的感覺到愛她的心在這一刻從原來的一息尚存變成了波瀾萬丈的江河大海。

但是她卻把整個人封閉成一座堡壘，面對他每個呼吸都格外小心。過去的經驗告訴她，怎麼樣也不能再重回這段愛情了。因爲離開這段愛情太痛苦，每一次心裡都是千百個不捨。

如果再回到這段愛情，只是無止盡的輪迴折磨。兩人都知道，彼此的人生不應再這樣的消耗下去。

他無言的開著車，表情卻無法故作輕鬆。她也偶爾轉過頭來看他，卻再也藏不住眼中的深情。

街燈如水的陣陣流過兩人的眼，映出那早已滿盈的淚。這兩個飽受分手折磨的愛人都不知道該如何處理此時的自己。

「我好愛你，所以，只能用最狠的方法忘了你。我怕自己只要一時心軟，就會馬上回到過去，只想愛你疼你。」她說，分手以來的每一刻，她和他一樣無時不在生活裡想到過去兩人的點點滴滴而痛苦萬分。

她覺得自己像在刻意謀殺一個生命，或者用盡所有的力氣要捏死和悶死一顆心，一個曾經如此愛他的心。她知道，那是她要的決定，再痛再難受她都要撐到底，而且，一定要成功，爲他也爲自己。

「我們不可能在一起，這是我們愛情唯一的答案，儘管我知道，心裡那顆愛你的心仍然沒有完全死去。」她又對著半頹廢男人這樣說。

她說，她覺得自己幾乎要成功了，再過一段時間，她相信那顆愛他的心就會完全死去。

「我要用最狠的方法來對待它，把所有的維生系統都拔除，這樣，那顆愛你的心就沒有活下去的可能。」她又說。

他仍然不語，只流淚著。

他覺得無比的憂傷，卻也對她的殘忍無所怨懟。如果這愛情的每一秒對彼此只是痛苦和恐懼，如果他眞的愛她，就應該毫無保留的放手，讓她盡快的回到自己人生的自在和快樂。

他不怪她用對待植物人的最後手段來對待兩人的愛情，非要把兩人的愛情置之死地，甚至說出「拔管」、「拔除維生系統」這樣讓他傷心的話。

不過他也知道，如果不是這愛情太難得又太頑固，她太愛他，也不需要拿出這麼狠的手段。

但是阿Q如他，此刻心底卻浮現一絲絲不可思議的樂觀。

他想到，有些植物人會在醫生宣佈拔管之後神奇的醒來。

他相信，自己是有那個幸運等到這段愛情在未來的某一天醒來。

愛人的耳屎

半頹廢男人和他的女人遠離台北，在新竹那家精品汽車旅館裡度過了六個小時。

這六個小時，他和她把《色戒》裡的性愛鏡頭一一倒帶重現了好幾遍，在他氣力放盡之後，她仍不甘心。

「我們到沙發上去。」她一絲不掛，對下半身只掛了一絲的他如此溫柔的命令著。

他頓時神經一緊，本來還對自己今晚的表現志得意滿的，慶幸自己體力控制得宜，小心操演了一場壯麗如101大樓煙火的性愛遊戲。

但是現在，對下半身已進入收工狀態的他，她這句話有如晴天霹靂。

「啊——還要啊？」白天馳騁沙場巧言令色的他，這時忽然變得口拙而狀似弱智。

她瞇著單眼皮神祕的笑著，一屁股走到沙發上坐了下來，無語的用食指在沙發上隔空勾引他，那女體於是化成了慾望的燈火，讓他像飛蛾般的忍不住想撲了過去。

他也像卡通片裡被海上女妖催眠的水手，就這樣不能自主的往她所在的沙發飄了過去。

半頹廢男人，心裡這時候其實挺慌的。擔心待會兒再也演不出梁朝偉在電影裡的水準，暗罵自己的粗心，沒料到六個小時之後她還留了這一手。

「來，躺下來。」她像在命令自己兒子似的要他趴在她雙腿之間，他頓時被她身上那浴後女體的芬芳又搞得意亂情迷。

但是實在太累了，他原來自認非常了不起的男性，這時卻一點也起不了。

她還是不說話，深情的凝視著他，像準備要發動些什麼。

「把眼睛閉起來。」女王下了第二道聖旨，他只能照辦。

這時候的他，覺得自己完全能了解《色戒》電影裡梁朝偉的心情。對於愛人，把自己就這樣毫無保留的交出去。

「不要亂動喔，一下就好，乖，聽話。」她一語雙關的在他耳邊輕聲細語又

吹著氣。

他感覺她邊愛撫著他的耳朵，一邊把一根棉花棒伸進他的耳朵裡小心的清理著。

就這樣，在他進入了她身體之後，她也進入了他的身體。

半頹廢男人覺得自己的身心靈得到了最後的滿足，身上最後一個性感帶就這樣被開發了出來。

他像是在吃了一頓法式大餐後配上超棒的甜點和Château d'Yquem，爲整晚的性愛作了最高潮的加分和Happy Ending。

情慾試駕

「你是為了寫故事才和我交往的吧？」車裡，半頹廢男人和她一整夜的性愛狂飆。

當兩個人都還大汗淋漓喘息著，她忽然以仰望星空的表情，這樣問著躺在她身邊的半頹廢男人。

他忽然說不出話來，開始覺得一絲絲的錯亂。

那種感覺，有點像一個專業的演員的自我質問：自己到底活在角色裡，還是眞實的人生裡？

長年書寫人間男女的情慾愛，愛情也一直是他寫作的靈感來源，因為知道自己不是一個善於幻想的寫作者，只能用最笨的方法，從眞實的生活中去淬鍊最動人的故事元素。

因為他相信，老天才是最偉大的編劇。再有才華的寫作人，也寫不出那一個個動人的眞實人生。所以他不斷的用自己的人生去經歷愛情和記錄愛情，把自己當成一隻活體實驗的白老鼠。

但是這一次，這個米粉頭辣妹，卻給他上了一課，讓他開始第一次懷疑自己到底是怎樣的一個人。

很多女人是故意這樣走進他生命裡的，因爲喜歡他的才華，也不介意，甚至渴望成爲他故事中的女主角。這種事發生了幾次之後，他也不以爲意，因爲很清楚知道這些事是怎麼發生的，所以對每一段感情的起與滅他都有了心理準備。

不過，和眼前米粉頭妹這一段，卻讓他自己糊塗了。

那一晚，他其實並沒有喝太多。在朋友開在天母的小酒吧裡，認識了剛從LA回來的她。第一眼，他就迷戀於她全身散發的野性美，那一頭像極千百萬根性感天線的長髮，在每個眼波流轉間都鎖定了他全身上下每一吋細胞放電，古銅色的肌膚更引起他去撫觸的想望與遐想。等兩個人聊得差不多時，他也覺得自己快不行了。

「我帶你去菁山露營場那邊走走，很棒的。」她很清楚這個才認識不到三個鐘頭的男人已經在她掌握之中，一點也沒有用力的隨口向他提了這一句，聽來卻更像是命令。

他當然就像老鼠跟著吹笛人走，搭上她那部看來頗酷的福特改裝越野車，一起上了陽明山看星星，也翻開了兩人戀情的第一頁。在這外表強悍的四驅車裡，開始了一段「慾望4X4」的故事。

她是個不太一樣的女孩。

比如性這件事，她總習慣主動，甚至有時候是命令式的口吻。

像在MSN的時候，兩人常常會M得high到不行。這時，半頹廢男人的手邊即使還有一大堆稿子在進行著，她忽然會很簡單霸道的丟來一句：「馬上來和我做愛。」說來也奇怪，每當這樣的指令傳來時，他再忙再累也開不了口說一個「不」字，馬上閃電的飛奔應召去。

從來沒有一個女人是這樣的。在每一段愛情裡，他早已習慣主動的角色，他所經歷過的每一個女人，都是以他爲中心，配合著他的生活與工作，他也一直以爲，這就是他最想要的。

不過，這一次卻不是這樣。她開始一步步的主導了他向來最重視的心情和時間主權，久了，竟然成了兩人之間的遊戲規則。依她的時間來定約會時間，看她喜歡的電影，去她愛的地方逛，在她的車裡溫存和做愛。半頹廢男人更驚慌的發現，他竟然還滿享受這樣處處被動的愛情。

但是，讓他最震撼的卻不是這些，而是他發現，自己竟然無法書寫這段讓他感受無比美好的戀情。

他和她在MSN上常常聊得毛孔全開，分享彼此生活中的苦樂心情；假日時，像小夫妻似的過生活，高品質的性愛與宵夜，一夜好眠之後一起吃早餐看DVD；他越來越覺得這個女人住進了他的靈魂和心裡，這樣，卻反而讓他不知道該如何去書寫她和自己。

他開始想起，在研究所上創作心理學課程的時候，老師曾經說過，越好的演員越不敢去演出眞實的自己，因爲那碰觸到一個人認知系統的紅線，如果連自己的人生都用演的，那到底眞正的自己是什麼？

他好像也看到了自己這樣的問題。一個情慾作家的困境，無法去書寫那段讓自己眞正有人生感動的愛和慾。

半頹廢男人看著躺在身邊正張大眼睛等待答案的她，還是說不出話來。

愛情忘年會

忘年會晚宴裡，半頹廢男人不小心和坐在隔壁的麥克開始了對話。

是那種沒有女人在場的兄弟會。每個月，這十多個男人會聚在一起吃吃喝喝，找家好餐廳，抽雪茄喝好酒。台北、香港、東京和上海都有這群雄性酒肉動物的歡樂記憶。

「你多久沒結婚了？」半頹廢男人看著每個人座位上都擺著一張紅色炸彈，知道又有人要從光棍船上跳船了，看著麥克笑著問。

他知道，除了他們兩個，對很多這屋子裡的男人來說，婚姻這件事都是過去式。

麥克呆了一下，顯然從沒想過自己要在這樣的場合回答問題。他邊點著Cohiba雪茄，表情好像沒聽到這問題。

「三年。」他清清楚楚知道這個數字，因爲想起了這三年來的人生和經歷過的那些女人。

「那這三年來有和其他女人交往嗎？」半頹廢男人問他。

「廢話，『交』了好幾個。」他特別把「交」這個字唸得重些，好讓他了解他的意思。

兩人都笑了。

麥克說，他本來也想不到自己會離婚的，因爲自己一直覺得兩人的感情沒有問題。他很愛她，也覺得她應該和他一樣愛他。

但是結婚的第二年，她就開始提要離婚這件事。他一開始並沒當一回事，總想是女人的情緒化，只要多陪陪她，時間過了就沒事。

但是她越來越不快樂，開口說分手的次數也越來越頻繁，他想這後面是什麼樣的理由也不重要了。他的理智告訴他，兩人在一起下去只會更不快樂。

「簽字離婚那天我和她都哭了，我想那是喜極而泣吧，兩人從此都有了新人生。」他說，簽字那一刻，他整個人的背上好像解下了一個大包袱那樣的輕鬆。

聊到這一句，兩個半頹廢男人都會意的笑了。

於是對話就在這裡停了下來。這一刻，兩位同樣穿著唐納卡倫黑牌西裝的中年男子，像是雙胞胎似的坐在這非常巴洛克的小包廂裡看著其他半頹廢男人談笑風生。

半頹廢男人用右手握著雪茄和紅酒，用左手捏著紅色炸彈的一角，把喜帖像張撲克牌那樣在餐桌上不經心的剁著。

麥克也做著一模一樣的動作，彼此忽然心照不宣的暫時沒了對話，專心的進行著這兩個單身男人聯手演出的小小打擊樂。

兩張紅色喜帖在桌上就這樣「DO、DO、DO」的發出寂寞而頑強的聲音，像兩個中年男子此刻面對愛情的心境。

「好吧，我老實告訴你，這三年來我最大的收穫是知道自己的愛情是怎麼一回事。」那個離婚三年的麥克忽然又開了口。

他說，回想起來，他簽字離婚是因爲自尊。他無法忍受那個他愛的女人一直開口提這事，再不簽，好像他在求她似的。

即使他知道自己眞的好愛她。

不過簽了之後，他才知道自己有多痛苦，到現在他還說不清楚那心裡複雜的感受，但是既然是無法回頭的決定，他知道自己別無選擇，連求她回頭這選項也一直從來沒有在心裡出現過。

因爲理智告訴他，那讓他如此不捨的愛情是不會再回來了，再回來也不是他愛的那種愛情。

「後來我陸續交往了幾個女人，最長的沒有一個撐過三個月。」他說，一開始是因爲身體和心裡眞的很需要一個女人。

後來才發現，那種需要並不是找另一個女人就能解決的。

「那就好像一個人忽然沒衣服穿，就去找了另一件衣服來，看來合身也沒大問題，但是總覺得怪，就是說不出哪裡不好。」他說，後來交往過的這幾個女生，有幾個各方面條件甚至比他前妻更好。

但是他就是知道自己無法付出自己的情感，連做愛時都無法讓自己完全投入，「所以連性愛的感覺都不是那麼的美好。」他又說。

他覺得自己的愛情已經被那個深愛過的女人「規格化」，不管在心理或生理都已經有個特殊的「規格需求」在那裡，更要命的是，這些特殊的規格需求不是換一個女人就能滿足的，因爲這些規格是她所制定的。

更慘的是，即使當年制定出這些規格的女人再回頭，也無法把同樣的感覺給帶回來了。

「這就是我三年來的人生，我知道自己不想要舊的那一段愛情了，但是也無法在心裡放下另一個女人。不上不下的痛苦人生。」麥克說。

於是，兩個男人又開始以沈默面對一屋子的喧嘩，在這場忘年會裡。

看來，要忘掉愛情眞的是一件很艱難的事吧。

他忍住了那五年後再度發作的巨大心痛，強迫自己一步步走向登機門，再也沒有勇氣去張望她的身影。這兩個戀人，在相隔五年之後，距離重逢只差一個轉頭和一個凝視，卻竟又這樣錯過了。

交換祕密

「我們來交換祕密。」兩人相擁在計程車裡，她忽然這樣對半頹廢男人說。

快速的奔馳在台北的夜裡，車內燈光明滅，映著她那認眞的眼神和不知居心的表情，氣氛很是魔幻詭譎。

甚至，她那原本不帶心機的微笑，這時看來都有幾分的狐媚，整個氣氛像極了司馬中原說鬼故事時間。

他忽然覺得有點爲難，難以啓口的事實在太多了，他的記憶庫裡有成山成海的祕密，眞的不知該講哪一個。

太重的祕密他不願意講，太輕的祕密她一定不滿意。

「我們要說一個這樣的祕密，心裡要假設，對方聽了之後有可能會提出分手的要求那一種，然後，這種祕密要嚴重到自己都認爲對方提出分手的要求是可以

接受的。」她像是讀到了他心裡那些疑問似的，不等他開口就主動的這樣說。

「妳先說吧，我邊聽妳說，邊整理一下腦子。」他心想，先使個拖字訣再說吧。把白天在職場上的積習竟也帶到情場來，處處談判算計，在0.0002秒的時間裡，他忽然對自己這樣的言行感到深惡痛絕。

她看著他，一秒、兩秒、三秒，好像在給自己時間充電似的。在兩人安靜許久之後，抿了一下唇，下定決心講了出來。

「先講好，如果你聽了我這個祕密之後，決定離開我，我是不會怪你的。」她好像下了極大的決心之後的這樣說，因爲在他之前，那幾個開始交往的男人，都因爲聽了她這樣的祕密之後而離開她。

但是她爲什麼要講出來呢？如果愛一個人，不是就想緊緊的把握嗎？

她的心情其實是，她眞的不確定自己這樣的情況會對那些她喜歡的男人造成什麼樣的影響，所以，乾脆自己先坦白，萬一對方就這樣被嚇跑了，她也認了。

不過，她更相信，願意再留下來陪她的，才是她要的男人。

她想，萬一半頹廢男人願意克服恐懼和她在一起，那至少代表了某種程度的在乎和愛。

「很早之前，就有通靈人告訴我，我的身體裡，其實還住了另一個女人。眞的是這樣，我不知道她是誰，什麼時候住進來的，但是，她就是存在。有時，她會到夢裡來找我，我之所以要告訴你，是不知道，如果她知道我愛你之後，會對你是好是壞？」她邊說邊沒了表情，在昏暗的車廂裡，氣氛忽然讓他整個人背脊發涼。

他忽然抱住她，因爲自己忽然發現，這個祕密反而讓他更想愛她，保護她和照顧她。

「我愛妳，我要照顧妳一輩子。如果妳身上眞的還有一個人，那我連她也一起照顧。」他邊輕拍她的小肩膀，邊輕輕的說，像是要哄個小女孩入睡。

這時候，他看到她忽然變成另一個人似的，笑得好開心，是那種全然放心的笑，好像心裡剛卸下一個千萬斤重擔的快活，就這樣一直越來越開心的笑著，是那種全然自內心湧出的笑容。

他也笑了，因爲看到她如此的開心。這一刻，他甚至更確定，他在乎她開心的程度遠超過在乎自己。

她再次躺進他懷裡，像隻等待愛撫的小貓。

「那換你說你的祕密。」她忽然轉頭問他這樣一句。

他忽然不說話，只看著她。

「我有很多可以嚇死妳的祕密，但是我不想，也不能告訴妳。」他其實已經把這答案在心裡準備了很久，所以講出來時，非常的流暢自然。

「你不好，這不公平，你不信任我。」她開始撒嬌起來。

「那妳信不信任我？」他忽然這樣問她。

「還用問嗎？我都把我最怕的事告訴你了。」她還是嘟著一張嘴，看不出來是眞的生氣還是假的生氣。

「親愛的，我當然不懷疑妳信任我，但是，如果妳眞的信任我到底的話，是不是也能信任我能對妳有祕密好嗎？我覺得，可以信任對方有祕密，那是一種更大的信任。」他一樣用溫和的語調這樣對她說。

她看著他，決定不再追問了，因爲相信眼前這個男人是百分之兩百對自己好的。他不想說的事，一定是爲她好的。

於是，她從他懷裡翻坐起身來，在微光中搜尋到他的唇，給了他一個世紀那麼長的吻。

地震後男人感傷

半頹廢男人向他的女人求婚了，只因爲一場地震。

那地震什麼時候來的，他完全沒有感覺，子夜一點的他，剛經歷過一場美好如國慶煙火的性愛。

他一絲不掛的被攤平在床上，睡得像死豬。

地震來得急又強，終於把死豬震醒成活豬。

但是活豬卻仍然躺在那邊等死。

他想，一切皆有命吧，如果這時候房子垮了，要死要活就看老天怎麼安排他了。

於是躺在床上任它搖，像個躺在搖籃裡的嬰兒。

然後，他又發現，自己竟然是一個人躺在床上的，而那個每天和他在睡前瘋

狂做愛的情人不知去了哪裡。

他於是覺得哀傷孤單，但是也馬上接受了這殘酷的事實。

即使是同林鳥，大難來時終究是要各自飛的，他想。

他更想到自己這一刻這樣赤身裸體躺在這裡等死的沒出息，看著下半身那和他一樣垂頭喪氣的男性，忽然非常的恨自己。

他更爲自己身爲一個男人竟然無法好好保護自己愛人這事感到自責也挫折。

地震仍持續著。

半頹廢男人心裡那被拋棄的怨恨開始變質爲自我批判的羞怒。

「還不趕快穿褲子！光溜溜的躺在這裡等死啊你！」不知道什麼時候，那個本來躺在他身旁的女人，忽然氣喘如牛一絲不掛的出現在他眼前大叫。

忽然，地震停了，看來是不用跑了。

他看著她，她看著他，都不想說話了。

兩人只好擁抱，像蛇一般的情慾糾纏。

於是這兩位赤條條的愛人又在體內產生一次次的地震高潮。

「妳剛去了哪裡？」體內的地震過後，他忍不住問懷中的她，小心翼翼的。

「去把門打開，去把瓦斯關掉，網路和電視上都有教，地震來了這兩件事要先做。」她說，理直氣壯的。

「怎麼沒叫醒我？」他又忍不住小心的問。

「叫了幾萬次，偏偏你睡得像死豬。」她語氣並沒有不爽，反而有點小小的憐惜。

「妳不怕房子塌了壓死我？」他的問題越來越白目。

「那至少要一個人活下來。我說過，要照顧你到老到死的。」她眼神裡有小女孩那般的十二萬分貞誠。

「如果兩人都被壓死那就算了，如果有一個人能活下來還可以幫忙另一個人料理後事。」她說。

「而且，如果把門打開，萬一我們沒有被壓死也才有逃命的機會啊。」她停了兩秒，看他沒說話，馬上又認真的接著說。

他想，他的命該是她的，既然地震沒有奪走他。

於是，幾天後，他向她求了婚。

愛情是唯一的理由

那個創意人朋友，就在半頹廢男人的面前這樣崩潰了。他哭得一臉是淚的說，他不想失去她，卻無法爲他和她的愛情找到任何的理由了。

已婚有妻有女的他，和小他二十歲的那個二十八歲女生相戀了兩年。上個月，她提了分手，從此失去了聯絡。

其實所有的聯絡管道都是在的，她每天在他的MSN進進出出，手機也可以馬上打給她，但是，他很清楚的感覺這愛情正一點一滴的在流失。

因爲他一直忍住和她聯絡的衝動，怕自己怎麼說怎麼做都不對，也怕打亂了她的心，即使心裡有一億兩千八百萬個想挽回愛情的念頭，他始終也只能對她保持沈默。

他甚至可以想像，兩人關係再這樣淡下去，有一天會等到她將和別人結婚的消息。正值適婚年齡的她，家族裡一天到晚有人想幫她介紹對象。他甚至可以預

見，那一天一定會到來的。想到這裡，他心更傷，只能拚命的往酒海裡跳。

「我好愛她，但是卻找不到任何能愛她的理由，我一點都不能愛她。」他喝了不少波本威士忌，看來有三分醉意但是語氣卻很堅定的對半頹廢男人說。

半頹廢男人知道眼前這位摯友說的是什麼。一個四十八歲的創意人和一位二十八歲的女生，兩人戀情開始的第一秒就注定是很多人的困難和災難。當兩人越相愛，就越把更多人往那巨大的風浪漩渦裡帶。

他那愛情已如紙片一樣薄的老婆和正值青春叛逆期的高二女兒，她年邁善良的父母，他公司裡那些流言製造專家，她家族那繁多的宗親與三姑六婆。他完全可以想見，只要他和她的戀情一見了光，這些周邊的親友立刻會受到一場強烈的連鎖性大爆炸，而最後，這些傷害的力道將會讓兩人身敗名裂。

所以，他怎麼也無法為這愛情找到理由了，當兩人經歷了兩年的愛戀，在感情最穩定的時刻。她斷然提出了分手時，他竟然一句挽留的話也說不出口。

「其實我心好痛，我知道她有多渴望婚姻。她這一走，馬上就可能找人嫁了。」他又不能自已的搭著半頹廢男人的肩膀哭了起來，像個夜裡醒來找不到媽媽的小孩。

他也知道，即使他忍痛離開婚姻和小孩。他這樣的一個人，在面對她父母時也是困難重重的。他怎麼也無法想像，兩個老人家能點頭把世俗眼中具有「三高」條件的女兒嫁給一位人生看來已開始走向下半場的中年人，這對她父母何其爲難。

「別難過，只要想著，你和她都愛過，這就夠了。你們的愛情本來就是一場恩賜和奇蹟，你和她都給了彼此一段美好人生不是嗎？」半頹廢男人說著這段話，忽然也跟著他一同哭了起來。

怎麼會這麼難啊？這愛情，這天底下的愛情有這麼多千百種姿態，那長相愈不可思議的卻總是愈淒美，也讓人越痛。

「你能對她做的最好的事，就是用力忘記她，也讓她盡快忘記你。這樣，她才可能得到另一段幸福的人生。如果你愛她，就應該這樣做，不要再想過去的事。」半頹廢男人知道自己這話對他有多殘忍，但是知道自己說的是對的。

因爲那也是自己曾經的傷痛，當一個人必須向愛情告別時，徹底的放手和全心的祝福才是最大的慈悲和溫柔。當歲月經過，一段時日之後再回頭，他更覺得那些舊日的愛情無比的美好，終究那結局是美麗而永遠令人懷念的。

「哭吧，我哭過，我知道哭過之後就會好些。」他給了他一條手帕。

他把臉埋進手帕裡，不知道是在沈思或啜泣，爲這段不捨卻又找不到任何理由挽回的愛情。

半頹廢男人讀到了他的心，他也用心傳話給他。

「別難過，愛情本來就沒有什麼理由的，愛情也不需要什麼狗屁理由，愛情本身就是唯一的理由。」半頹廢男人在心裡對自己和對他這樣說。

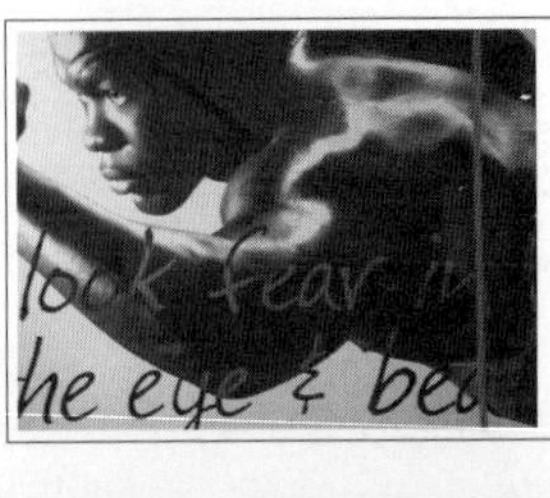

風雨往事

在一個人獨飲的夜裡，半頹廢男人常常會想起曾經的戀情。

他知道，也許對方不在乎甚至不認爲，但是他放棄這些戀情的原因，其實都是爲了讓彼此更好。

當然，這像是男女分手時常會出現的典型對話。因爲愛，所以要離開，因爲愛，所以希望對方能找到比自己更好的人。

但是他也知道，每次他這樣說，得到的都不會是了解。

就像有一年，他和一個女人說分手。在那之前，他們一起生活了五年。

他眞的愛她，因爲這樣，一直在忍。他清楚的感覺到，兩個人在一起越久，累積最多的，其實是傷痛。

他想，她對他的感覺，應該也是如此吧。對彼此來說，兩人之間有越來越不喜歡對方的事，就像他對於她喜歡熬夜，她對於他的任性，都是極不能忍受但是又無法要對方改變的事。

所以他還是向她開口說了分手。

「你好殘忍，都在一起這麼久了。」她聽到他提議分手，邊流淚邊這樣說。

「以後妳會感謝我的。」他也難過得邊流淚邊這樣對她說。他想，在斷得乾乾淨淨之後，她可以完全忘了他，再開始另一段全新的人生。

他知道，女人永遠不會知道他心裡有過什麼樣的掙扎，就像他這些年來因爲對她的愛忍受著許許多多，就像他曾經在忍受的過程中扭曲了自己，就像他幾度快控制不住自己差點對她暴力相向。

他不想讓自己變成這樣的人，不想去傷害自己曾經深愛的人。他想，與其在傷害她也傷害自己之後把感情搞到破裂，不如讓這段曾經美好的愛留個回憶，於是主動出手做個了結。

每每回想起來，半頹廢男人總是心情複雜的。他難過於一段愛情的離去，也眞的爲沒有傷害彼此感到欣慰。

但是，他一輩子也不會讓她知道，他的內心曾經如此沈痛的經歷過這些風風雨雨。

愛情自由日

一月二十三日，算算日子，半頹廢男人也大約和她分手一百二十三天。

好快啊，竟然這麼久了，久到他都以爲那場戀愛像是一場夢。

他不是一個很能做夢的人，除了在醒著的時候。

他是公司裡出了名的白日夢和天馬行空，這樣的印象久了，隨著年資越來越深，又一直沒有適合的工作可做，老闆乾脆給他設計個位子叫「創意總監」。他認爲這個頭銜和安排還眞是有創意。

睡覺時不太能做夢的他愛上了一個很能做夢的女人。她習慣在醒來之後把夢寫下來用電子郵件或傳簡訊給他，當成是兩人之間最私密的情書。

「走不下去了，我們給彼此自由吧。」那一天做完愛之後，她忽然沒頭沒腦的這樣對他說。

他沒說什麼。她知道，他總是寵她疼她的。兩人在一起的時候，只要她開

口，他從來沒有說不好，所以，即使她說要分手，她也知道他不會有別的答案。

他於是開始經歷那異常辛苦的分手旅程。他發現，如果戀愛是一場天堂般的旅行，那分手就是一場地獄遊記，特別是在經歷愛情的甘甜美麗之後。失去愛的人生根本是一場災難，他常常覺得自己不是瀕臨瘋狂就是隨時要窒息。

他在白天強打精神故作優雅的裝沒事，工作效能很神奇的史無前例的好，其實只是努力想把自己搞得很忙，忙到沒有時間去想她。

夜晚是他最害怕的時刻。不喜歡應酬的他，天天逼自己喝得爛醉。他怕自己如果神智還清醒就會克制不了的打電話給她，或者直接把車開到她家門口。

因爲了解她的個性，一旦決定要做的事就不會改變。他想，她一定也想清楚了才開口說分手。他如果再去求，除了自己難看，也是讓她爲難。

日子就這樣一天一天的過去，來到了一月二十三日這一天。半頹廢男人在腦海裡算了一下，兩人也大約分手一百二十三天。

他想到這一天在他讀小學的時候還是被國民黨叫成「自由日」的，每年到這一天，他就很莫名其妙的覺得自己比一年中的其他日子要自由一些，因爲叫「自由日」嘛。向來對文字相當敏感的他，其實從小就很容易被文字符號影響，比如小時候第一次讀到「滄桑」這兩個字，就忽然覺得這兩個字眞的很滄桑。

但是活到了這把年紀，在失去愛情一百二十三天後，在一月二十三日這一天，他這個看來自由很久的人，心裡卻是超不自由的。

他知道自己的心還是被那個愛做夢的愛人綁住，不管醒著或爛醉的時候。

他成了一個愛情的自囚者，儘管現在的他，愛情看來充滿了無限的可能和自由。

這對相距千里的戀人，以兩具手機在台北和北京之間挖開了一條情慾隧道，他和她的激情化成了無數的零與一位元符號，在空中無盡的延燒，一直到彼此把體內最後一滴的需要耗盡為止。

有些幸福不屬於炎夏

這是他生命中的第N個炎夏夜晚。半頹廢男人從浴室裡走出來，手上握著冰得透心涼的海尼根。

當他一眼從滴著水的頭髮看見電視裡的她，整個人頓時像是被她吸光了魂魄似的。

他看著她。

是她，三年不見了，但是那影子一直在他心裡沒有散去，特別是此刻她正唱著他最愛的那首《愛》。剛發片的她告訴主持人，這是她最愛的私房歌，一直不太敢唱，因爲每次唱都會想到那些曾經愛過。

「**假如我不曾愛你，我不會失去自己。**」他還記得他和她的愛情是如何在這句歌詞中開始與結束。

是一次朋友辦在私人招待所的聚會。她被請來當party歌手，二十多歲模樣的

小女生，綁個馬尾穿個無袖小紅背心和貼身牛仔褲，唱著在場大部分中年大叔都聽不懂的情歌。

那樣的場合，大家只忙著買醉哈啦，根本沒有人在乎她唱什麼。

那是半頹廢男人剛結束一段苦戀的夏天，再多的酒和淚好像都沒辦法讓他從那情傷走出來，他於是又很快的在她的歌聲中喝得半醉。

唱得眞好啊。他聽著台上的馬尾小女生唱著一首首的莫文蔚，竟發現她唱得比莫文蔚好一千倍。

他本來是莫文蔚的歌迷，不過在這一刻，他已經完全被這馬尾小女生的歌聲所征服。

不過，很奇怪的，她竟然一直沒唱那首他一直想聽的《愛》。

從第一次聽到這首歌，他就認定這首歌是爲他量身訂做的。

他就像歌詞裡所描寫的那樣，是一個在愛裡完全沒有自己的男人。

「因為我會想起你，我害怕面對自己……」他愛極了這種自憐的氛圍，只有在這樣的時刻，那顆在朝九晚五辦公室裡被各種慾望磨得長繭的心，才會變得無比柔軟。

於是他失魂似的走向她，向她渴求。

「可以給我『愛』嗎？」他知道自己已經喝了不少酒，但是卻不知道自己會變得這樣的語無倫次，他竟少說了一個「聽」字。

但是她聽懂了，只笑著搖頭。

「對不起，就這首不能唱。」她回答說。

「因為我會哭。」她馬上又接著說。

他也馬上懂了她在說什麼。

他於是知道她和他一樣，是在情路上受過傷的人。

「那妳下班後我唱給妳聽。」他不知哪裡來的勇氣，完全沒有遲疑的邀她。

她還是笑著，沒說好也沒說不好。

但是他卻認真了，一直等到她下工，她也完全沒有任何意外表情的，和他一路安靜的走出了招待所。

在仁愛路的人行道上，兩人就這樣邊走邊唱邊聊了一晚。

這整個晚上，他和她都不知唱了多少遍的《愛》，一直唱到兩人不能自已的愛上彼此。

但是，就是一個晚上的愛情了。在那個難忘的夜晚之後，他一直沒有再試著找她。

因爲彼此都知道是太像的人，也早怕了在愛中失去自己的那種感覺，所以，也自然同時選擇在這愛情最美好的時候讓它結束。

「假如我不曾愛你，我不會失去自己。」他看著電視裡的她，感覺手中那冰涼的海尼根慢慢化成了他溫熱的淚。

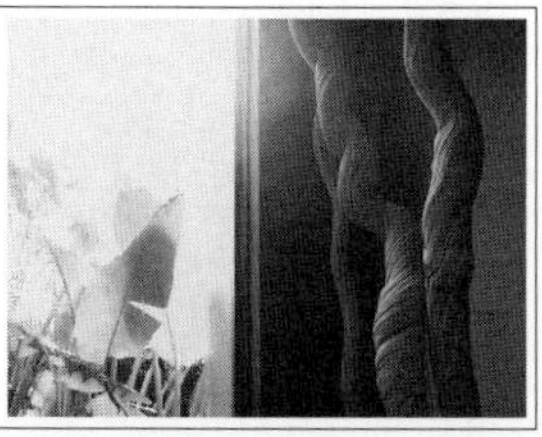

你對愛情不夠謙卑

「從來沒有看過一個失戀的人像你這麼從容優雅的。」她對著半頹廢男人說。

那口氣像是質疑，也像是批判，但是表情卻是笑笑的。

半頹廢男人也不知如何是好的微笑著。

沒有人知道他有多傷痛，就跟這個世界知道他失戀的人也只有她一樣，除了她，整個地球上沒有人知道他失戀。他向來不愛和人談他的感情。

她是他的鐵哥兒們。每次見面，這對年齡相近的五年級生總無話不談，不管是工作或感情，彼此也知道，當每個人年紀越大，像這樣能說話的伴侶也越來越少。

半頹廢男人的每一段戀情她都了然於心，因爲每一次戀情的開始與結束，他都會一五一十的向她報告。她也知道，他只是尋求個告解人，就像她也樂於和他分享自己那些不爲人知的私密。

但是這一次，她眞的有點吃驚。這個向來自負而優雅的男人眞的被愛情搞得狼狽不堪，那種傷痛被包覆在鎮定的神色和言談裡，只是，她就是看得出來。

她甚至看見眼前站著的不是一個人。

而是一顆心，一顆被千百支情愛利箭插滿的淌著血的心。

所以，她才故意說他看來實在太從容優雅這樣的反話，希望讓他聽了之後能感覺好一點。

經驗告訴他，要體會自己愛得有多深，唯一也是最好的辦法，是去感受失去這愛情之後會有多痛。

這一次，他眞的是痛，而且是前所未有的痛。

他覺得自己失去快樂的理由了，整個人的心就這樣狠狠的被掏空，不管心理和生理都產生明顯的「失戀症候群」。他失眠、心悸、情緒低落、萬念俱灰。他有生以來第一次感覺到，原來戀愛眞的是一種病。

但是，和鐵哥兒們的她一坐下來，他只能裝著忍著，淡淡的說自己已經在這段感情裡全身而退。

「你這是當我姓莊是吧，我可不叫『莊孝維』。」她還是笑著說。

「怎麼了？」他不解的問她。

「你很清楚啊，不能教人失魂落魄的就不是愛情。」她說。

「還有，如果你現在還要假裝自己還ok，那只證明你對愛情不夠謙卑。」她又說，臉上依舊是那不知該如何去解讀的淡淡的笑。

戒色

有個長輩要退休，半頹廢男人特別去看他。

「這很自然吧，就像季節走過了春夏秋，之後就是冬天。我六十歲了，該走了，對我和公司都是好事。」長輩微笑，讓人看不出那笑裡苦和樂的成分比例。

「不考慮一下嗎？說不定老闆會要你留下來？」他想這樣說應該會讓長輩好過些。他始終相信一個人被需要是件快樂的事。

「那我也會謝謝他的好意。我想了好幾年了，退休這件事我想我準備好了。」長輩看著高樓窗外，眼神不小心映出一些落寞。

半頹廢男人說不出話來。他想，再過個十幾年，他也是這樣的人生吧。他好奇，如果未來人生走到這一刻，自己能有多少想法？

「其實沒什麼好難過或快樂的，這件事很自然就會來，每個人都很自然的會老，在人生的不同的季節就要做不同的事。」長輩看他有些難過，也試著想讓眼

前這個中年男子心裡好過一些。

「我現在所能做最好的事，就是讓自己依公司規定順利退休。」長輩說，這是他現在最重要的「任務」。

「怎麼說？」他不解的問長輩。

「我不走，下面的人上不來，這時候不走，怕也等不到更好的時機了，而且在這一切都準備好的時候不走，我自己也不舒服。」長輩說。

於是兩人都笑了，這幾句話談下來，退休這事竟然從感傷到可喜。

「對了，我走之後，你是最有可能接我這位子的人選之一。」他笑容沒有停止，忽然對半頹廢男人說了一句。

半頹廢男人聽了這話再也笑不出來。他從沒想過這件事，自由慣的人，怎麼也不想自己會被綁在這個繁重的工作上。

「您別開我玩笑了，老大。」他應付性的乾笑，想趕快錯開這話題。

「我向老闆建議你來接，也許有點怪，但是我覺得你可以。」這下換長輩不笑了。

「不過，這事現在都不用我們傷腦筋了，該傷腦筋的是老闆。」長輩又說，又笑了。

「……」半頹廢男人不知道該說什麼，焦慮的表情讓長輩看了有點不捨。

「其實啊，人生沒有那麼傷腦筋的。要快樂，就只記得戒個『貪』字。」長輩試著向他作一些工作交接前的勤前教育。

「戒貪什麼？」他好奇的問。

「貪名、貪利、貪權。人越老對這些俗事越看不開。」長輩說。

「那可以冒昧的請教一句嗎？」他試探性的問。

「你說。」長輩答。

「人到老要戒色嗎？」半頹廢男人知道這有點突兀，不過還是問了。

「這倒不必，等你到了一個年紀，自然那念頭慾望和能力都沒了。」長輩的眼神忽然望向房間一角的枯木。

這句話忽然讓他恐懼了起來，半頹廢男人知道自己，他從小到大不貪權謀利，對成名也興趣缺缺。

但是他知道自己這輩子永遠無法抵抗對於情愛性的貪戀，更無法想像失去這些之後的人生。

於是，兩個男人的眼神又再回到那根堅挺卻了無生機的枯木上。

「我好愛她，但是卻找不到任何能愛她的理由，我一點都不能愛她。」他喝了不少波本威士忌，看來有三分醉意但是語氣卻很堅定的對他說。

愛情薄酒萊

每年十一月，半頹廢男人總是想起她，那個曾經一起和他喝過薄酒萊的女子。

多年前的事了。她在安和路上經營一家專賣葡萄酒的小酒館，很自然的和他從買賣酒的關係成了談得來的好朋友。這一天，她找他來試喝那一年的薄酒萊新酒，喝著喝著，話題也很自然的來到了愛情。

「我是不相信愛情的，因爲我生命中的每一個男人都不只擁有一個女人。」她這樣直接的向他開炮，那表情是在臉上寫著：「天下男人沒有一個好東西。」這幾個大字。

難道在她心目中，整個世界都沒有一個值得她愛的好男人嗎？

「有。有兩個，一個已經死了，一個還沒出生。」她的表情並不張狂，神色平靜而理性的微笑著，也因爲這樣，更讓半頹廢男人覺得背脊有點發涼，趕緊多

喝幾口薄酒萊，試著讓自己的緊張好些。

「不談這個了，我們聊聊今年的薄酒萊吧。」她警覺的回復一個酒商老闆的職業性反應，向他推薦今年新進的幾個牌子。

聽她這樣說，半頹廢男人對她人生經歷的興趣反而比薄酒萊新酒更高，要她聊聊她口中那幾個「不只擁有一個女人的男人」。她的眼神告訴他，她是願意聊的，因爲自己是她信任的男人。他甚至相信，那種信任裡還帶著一些情愛的可能。

「好吧，難得有男人願意聽我罵男人的。」她放慢了喝酒的動作，把記憶回到童年，那棟位於榮星花園旁的老豪宅。

她原來一直以爲爸爸長期的不在家是因爲工作忙碌，一直到她上了國中，媽媽才告訴她，這個男人還有另一個家，她還記得自己聽到這個消息時，腦海裡那陣陣天崩地裂的聲音，從此對這個她曾經尊敬又深愛的男人有了不同的看法，也影響她對男人的態度。

後來，年紀更大些之後，她心裡始終是不相信男人的，這樣的心態讓交往過的男人一個個離開她，因爲受不了她那種天羅地網的二十四小時監控的緊張生活。

好不容易有個男人願意忍受她，他本來以為，也許兩個人結婚後，她就會好多了，想不到，卻是變本加厲，她甚至無法容忍自己有一秒鐘無法掌握他的行蹤，搞到最後，兩人終於離了婚，她也從此對愛情和婚姻死了心。

「我何嘗不想找個愛我的人來愛？但是，我知道自己這個性是沒那個命了。」女人邊說著，臉頰那一道道淚河竟無預警的流了下來，眼看著，一滴滴如珠玉般的眼淚就要掉進酒杯裡。

半頹廢男人看著她，也不知再說些什麼。他知道，人生有很多事是找不到答案的。

就像眼前的她，無法選擇自己出生的環境，也無法控制自己對待愛情的態度，這一切的悲劇都不是她自己所要的。他想，如果是他來經歷這樣的人生，也是一樣的情況吧。

他看著眼前的薄酒萊，忽然很想跟她講些什麼，他希望她能學會用喝薄酒萊的態度來享受愛情。

「有時候，試著用淡薄和疏離來面對自己和所愛的人吧。就像薄酒萊一年只喝一次，反而會更加珍惜。」半頹廢男人口氣有點笨笨的，不經意的這樣對她說。

她的眼神好像體悟了什麼一樣，竟開心會意的微笑了。

這之後，他再也沒看到她了，聽說她把店收了，試著放開原有的一切，到花蓮經營民宿，也有了新的愛情。

半頹廢男人不確定是不是因爲自己當年的那番話改變了她，但是每年到喝薄酒萊的季節總是不能自己的想起她。

3.

愛慾的發音練習

當我們身體開始彼此思念

在台北過完短暫的假期之後，半頹廢男人的女人又飛回北京去工作了。

她離去的那幾天，他突然開始強烈的思念她的身體。

他這輩子經歷過不少女人，但是從未如此想念一個女人的身體。

那像是一種很神祕的生物性力量，就好像鮭魚會從大海游回出生地產卵那般，在醒來或睡著的每一刻，他不斷想著和她交歡的美好，整個人於是也陷在一種極度不能被滿足的焦慮裡。

於是他知道，她是他的愛慾原鄉了。

那是讓他無比震驚的發現。他無法理解，那相隔千里之外的女體竟然能如此精準遙控與啓動他的情慾。

一開始，他不清楚這是怎麼一回事，只能故作優雅的去忍，把想念她身體這回事努力放在心房的暗處，期待隨著時間的過去和忙碌的生活把這種飢渴自然消

滅。

但是那感覺終究是如潮水般的，隨著他的不斷忍耐越過了理智所容許的水平線。在他被相思和慾念淹沒的那一刻，他於是忍不住打了電話給遠在北京的她。

巧的是，她的情況也沒有比他好多少。在聽到他聲音的第一秒，她整個人的武裝於是也同步崩潰。她告訴他，她有多想他，想念他的愛和身體。

於是這對相距千里的戀人，以兩具手機在台北和北京之間挖開了一條情慾隧道，他和她的激情化成了無數的零與一位元符號，在空中無盡的延燒，一直到彼此把體內最後一滴的需要耗盡爲止。

他慢慢的知道這是怎麼一回事了，對於這神奇如潮汐的慾念來去。

他本來是不解的，後來經過幾次的回想才清楚那種感覺。

他和她的身體是兩塊原來合爲一體的磁鐵，當兩人被拆開的時候，一方的召喚也就同時啓動了另一方的索求，不管彼此相隔有多遠。

是一種源自於生命最底層的節奏與規律吧。當一對戀人只能像牛郎織女般，在一定的季節相會，那每一次瘋狂的解放肉體原慾的同時，其實也已經日積月累的在彼此身體裡種下了慾望的信號發射器。

那也是爲什麼，在他和她分開的每一秒，他和她的身體之所以會如此強烈的彼此想念的原因吧。

那是他和她之間不需言說的私密與默契。

色胚和他不為人知的曾經

半頹廢男人有個朋友叫色胚，色胚是他無所不談的好友。

對於被叫做色胚這件事，色胚本人並不是很在意，他甚至有點得意。他認為，再也沒有比這兩個字適合來形容他了。他知道，他好色，好色到可以沒有命，但是卻不可以沒有女人。

「如果有那種女人很需要男人的，就介紹一下吧。只要是女人，我不挑的。」色胚常這樣對人說，那表情平靜認眞，沒有任何的諧謔。

色胚總是無所不用其極的去享受女人下半身所能給他的歡愉，所以他選擇了演藝經紀這條路，不斷的在不同女人的身體裡流浪。他說，他是生來注定就要如此好色的。

可能由於這樣的磁場太強烈，色胚對於人生的想像並不太多，他對自己人生的期待只有一個，就是能夠不斷的享受到性的快樂。他很早之前就知道這是自己人生的願景和使命，一點都不覺得難為情或罪惡墮落什麼的。他的名字打從多年前就被台北各大應召站列入VIP名單，有時還會應邀去「面試」或「調教」那些剛入行的菜鳥美眉。

除了這些專業通路，色胚還喜歡在網路和馬路上打獵。他說，這種無法預期的樂趣是花錢買不來的。就像在大海裡捕魚，你永遠不知道下一尾到手的會是怎麼樣的美人魚。

「甚至，有時候你會覺得，自己其實才是女人的獵物。」他說，在情慾江湖闖盪一些時日之後，也常常搞不清楚自己是獵人或獵物了。這種彼此都不想要有負擔的性遊戲讓他越來越無法自拔，一直到他搞上了辦公室裡那個小女生。

那個剛報到幾天的小工讀生，他在MSN和她聊了一個下午之後，兩人就在辦公大樓的樓梯間裡發生了那件不該發生卻又注定會發生的事。

這當然不是色胚性狩獵人生中最精采的一筆，不過卻是讓色胚傷痕累累，後來小女生的事被老婆知道之後，色胚和老婆的關係就開始走入冰河期。老婆開始用各種酷刑折磨他，讓他求生不得求死不能，而且死不離婚。

談到最近發生的這件滑鐵盧，色胚臉上寫滿了中國五千年來的苦難。

「後悔嗎？還是決定痛改前非，讓往後的人生清心寡慾到死？」半頹廢男人好奇的問他。

「那倒不會。我知道這輩子沒辦法停止在女人身體裡流浪。爲了這件事，該面對的一切我都當作是該付出的成本。」色胚表情無悔的說。

半頹廢男人問色胚，有沒有想過，自己爲什麼那麼好色。他對於女色那種幾近宗教式的狂熱實在讓人費解。

「因爲女人的身體讓我得到眞正快樂，那種來自肉體的極大快樂對我來說就是一切。」色胚說，他很清楚自己爲何會這樣。

「你知道嗎？我從生出來到現在一身都是病，心臟病、骨刺、腸胃病、痛風……我幾乎什麼大小病痛都得過，三十歲之後，我還莫名其妙的被送進加護病房住了幾個月。我這一生，都活在大大小小病痛所帶給我的肉體痛苦裡。」色胚說，所以他的精神生活也一直很不健康，因爲身體的不快樂直接造成心靈的不快樂。

只有透過性，他才能感受到，原來人生可以得到這麼大的快樂。那種快樂從肉體振奮了他的靈魂，也因爲這樣的快樂讓他整個人活在更好的生命品質裡。

「所以，我就成了一個這樣的人了。我強烈的需要女人，需要那些可以不斷帶給我肉體快樂的女人，因爲我經歷那種肉體地獄的人生。對我來說，肉體的痛苦是如此結結實實的大過心靈的痛苦。老實說，我可以失去愛情和婚姻，那對你們這些身體向來ok的人生來說是很巨大的痛苦，但是我卻可以不在乎。」他看著半頹廢男人，把自己的內心世界用生魚片刀一刀刀劃開。

「所以我在乎的是有沒有性。沒有性，我就失去人生中那極大的快樂。這樣，我人生中眞的就沒什麼快樂的事了。我沒辦法忘記病痛的磨難，也無法在病痛中很阿Q的想像那種純心靈式的幸福快樂。」他又再一次的血淋淋的把自己的心拿出來擺出來在半頹廢男人的眼前。

半頹廢男人知道，在色胚這樣的人生面前，他沒有資格再說些什麼了，那是色胚所選擇的人生，也將是一個難以向人言說又不爲人知的人生。

一無是處的愛人

那女生透過友人的介紹，和半頹廢男人見了面。

他還記得那邀約電話的對白。

「問個私人問題，你結婚了沒？」不是很熟的友人小心的問。

「我兒子都十五歲了。」他笑著回答。

「我是說，你現在單身嗎？」友人的口氣更小心了。

「我今天還沒結婚。」他用這句老梗回他。

不過，厚道如他，還是馬上謝謝他的好意。告訴他，自己也許文字和語言喜歡風花雪月，但是早已心如止水。

半頹廢男人知道，這樣的問題背後通常會有一場善意的陰謀。在他這個圈子，總是有這樣的熱心人士一天到晚以消滅地球上的單身公害爲己任，樂於幫這些號稱三高菁英階級的男男女女製造愛情與婚姻的可能，那就像節能減碳一樣，

一種看來道德的時尚流行。

朋友告訴他，是一個在廣告公司做創意的女生。有一次，他把半頹廢男人的部落格傳給她。她花了整整一個星期讀完他的文字之後，這個剛滿三十歲的單身女生對半頹廢男人非常的好奇，想透過原來這線頭認識他。

「由於對方是單身，是個性非常之謹慎的那種女生，而且在這圈子頗有分量，是有點身段的那種人，所以我必須非常小心。你知道的，我不想讓這裡面有什麼誤會。」友人含蓄禮貌的這樣跟他說。

半頹廢男人知道他的意思是什麼，也客氣直接的跟友人說，謝謝那位女生對他的好奇。他良心的建議，兩人還是不要見面的好，一來不想讓她失望，二來不想讓這裡面有什麼可能的風險或誤會，單身女生和已婚男子的會面看來對彼此完全沒有建設性。

後來友人又來了電話，說女生還是很希望和半頹廢男人見上一面，當個朋友聊聊也好，沒事的。「總之，這不會是一次以戀愛或結婚爲前提的約會，大家心裡都不要有壓力，哈哈。」電子郵件裡，友人補上了很冷的這一句。

壓力？當然沒有，半頹廢男人知道自己是一個什麼樣的自己，這種事也不是

第一次發生了。他知道，如果任何一個女人膽敢把他當成是個愛情對象，他會明白告訴她，他其實是個「一無是處的愛人」。

和她見面的時候，他也大方的把這幾個字當成開場白。

「一無是處的愛人。」聽他這樣說，那廣告女生忽然大笑，搞文案出身的她，對文字的敏感度立刻也展現出來，好像她的G點就長在耳膜裡，被他這幾個文字一愛撫就得到了高潮那樣。

「我是說，對任何一個女人來說，我這樣的一個男人是完全不具備愛情參考價值的。」他細心的解釋。

「我不帥、不年輕、沒錢、沒地位、已婚又有小孩。」他說，別看他部落格裡寫得生猛精采，那些華麗墮落的愛情其實只是別人的故事，他在愛情市場裡一無是處，更慘的是，任何女人只要愛上他，立刻會被烙上背德者的印記，所以，他的生活其實非常之乾燥無趣的，大部分的時間都給了讀書和寫作。

「總之，對戀愛這件事，我只有三不，不敢、不能也不忍。」他雙手一攤的坦然表情，卻沒注意到女人看他的眼神。

「其實，你這樣的男人對我這樣的女人更危險的。」她忽然這樣對他說。

「你把自己包裝得坦白、聰明、有趣又善良，當然，你顯然也是好色多情的。」她像是想看穿他的靈魂般這樣說。

「但是，你不是一無是處的愛人。你是那種一槍斃命型的愛人。」她也開始和他玩起文字遊戲來。

「什麼意思？」他問。

「你太特別了，特別到當一個女人愛上這樣的你之後，很難再愛上別的男人了，因爲你所擁有的，是太難取代的東西，那對於像我這樣一個除了愛情之外什麼都不缺的女人是很實際的東西，很巧的是，我有錢、聰明又美麗，但是，我不要有錢的帥男人，我只要一個懂我和我愛的男人。」她說得越來越坦白自在，自在到讓他感受不到那背後的意圖和情緒。

「謝謝，這是我有生以來收到過最棒的禮物。」他知道自己遇到狠角色了，開始裝斯文，拚命猛喝水。

啊現在是要怎麼樣？他心裡這樣想。

「不過，我知道我們是不會有什麼發展的，因爲我知道，你這種男人，什麼都有，就是沒種。你一天到晚腦子想著愛情，卻從來不敢眞槍實彈的來愛一場。

我再愛你，你也不敢有所行動的。對不對？」她忽然對他下了這樣戰帖。

「對，眞是知音啊。妳說得眞好，我其實是……」他又把熟悉的那一句自白對她背了出來。

「思想的巨人、言語的野獸、行動的侏儒。」他第一千遍在自己的人生中如此介紹自己。

而她，還是不發一語的看著眼前這個口乾舌燥的男人，眼神中並沒有放過他的打算。

他只能不斷的猛喝水。

Get laid

半頹廢男人一直對沒有愛情的性保持距離，但是他身邊的朋友幾乎每個人都在玩get laid。

Get laid就是沒有愛的性，大部分都是一夜情，也有人有固定的get laid對象，但是都不談感情。

「那為什麼不談戀愛呢？如果get laid搞得還滿情投意合的話。」半頹廢男人這話一出口立刻覺得自己有點狀況外。

朋友告訴他，喜歡get laid的人就是不想有固定的牽累，想跟誰就跟誰，男生女生都一樣，喜歡get laid的人就是喜歡這種新鮮感。搞get laid的人，大部分都還是有男女朋友或婚姻的。

半頹廢男人聽得有點亂了。沒有愛人搞get laid情有可原，但是明明有愛人甚至結婚了，搞get laid那到底要的是什麼？再說，台北這麼小，每個人的嘴巴都超大，萬一紙包不住火，那收拾起來不是挺麻煩的嗎？

「所以搞get laid的人其實都有共同的人格特質，最起碼，臉皮厚，膽子大，神經要夠粗，性需要的口味要很寬，要不然，自不量力的搞get laid只是自找麻煩。」朋友說。

Get laid其實還根據目的分成好幾種，爲了性需要去get是基本款，也有人是爲了尋找靈感去get，像某些創意產業的工作者。有人則是爲了搞業務去get，像很多女業務員都是爲了生意去和目標客戶get，算是客戶服務，也有人是爲了拓展人脈去get。人和人之間如果見面有三分情，上過床之後那更是交情匪淺。

半頹廢男人聽了這些get laid市場情報，邊聽邊搖頭，他知道自己並不算道學保守，但是就是沒辦法和沒有愛情的人去get，也無法想像和一個人根本不太認識時就上床，他知道自己性需求的好球帶並沒有那麼寬。

「所以，你可以考慮玩那種比較保守的get laid，固定和特定幾個對象搞，也有這種女人，這些人通常是比較缺乏安全感的熟女，她們喜歡有固定的get laid對象。」朋友的口氣越來越像皮條客。

「那要是玩得黏住了怎麼辦？我可以控制自己不愛上她，我怎麼知道搞久了

她會不會捨不得走？」半頹廢男人馬上又知道自己問了一個大外行問題。

「你以為這是什麼時代？誰還在跟你擔心計較這些，男騎女，女騎男，誰玩誰，誰捨不得誰還很難說。像你這種喜歡談感情的，玩get laid最麻煩，常常會陷得太深，女人早就不想理你了，你還在那邊深情無悔。玩get laid的女人最怕你這種很難甩的，你先擔心你自己吧，大情聖。」朋友開始對半頹廢男人曉以大義。

「不過，你這種貨色倒是很對一些女人的口味。」朋友好像想到什麼似的補了這一句。

「你是說我體力和性技巧都很好，講話風趣又有頭腦，吃喝有品味，生活得有滋有味？」半頹廢男人忽然開始覺得自己在get laid市場大有可為。

「去，誰管你這些風花雪月，又不是叫你去當牛郎或男妓。我是說，你有婚姻和家庭，像你這種人要談分手的時候比較不會搞得很累，家庭觀念重，喜歡假道學，好色膽小，容易得手也容易分手。」朋友忽然覺得眼前的半頹廢男人會是台北get laid市場的明日之星。

「你得好好善用自己的先天優勢。記得，已婚男子對玩get laid的女人特別搶手，什麼？你竟然沒有戴婚戒，這樣待會兒進夜店怎麼會有搞頭？那些美眉都是認婚戒來搭訕的。來，看我多細心，這就幫你帶來了一個，馬上戴上。」他比了一個開槍打獵的手勢，順勢把婚戒套到半頹廢男人手上說。

要體會自己愛得有多深，唯一也是最好的辦法，就是去感受失去這愛情之後會有多痛。

上海的愛情大逃亡

儘管不是很喜歡上海這個地方，半頹廢男人在那邊卻聽過很多故事。故事的主角大都是他的朋友，因爲是眞實的人生，他每每聽了都有切膚之感。

他常想，這些原本和他一樣生活在台灣，年紀也差不多的朋友，其實本來也可能有不一樣的人生。

就好像一群人走在一條路上，走著走著遇到前方出現了岔路，有人選擇往不同的路上走去，於是也就這樣有了不同的人生。

每次到上海，他總會去找幾位女性友人聊聊。有時候他也很納悶，爲何這些當年頗聊得來的女性朋友們都一一來到上海？而且每個人的背後都有說不完的人生故事。

更有趣的是，這些故事，主角們在台灣時都不會對他說，可等他來到了上

海，這些女人都願意把內心最深沈的祕密告訴他，至於原因是什麼，一直到現在他還搞不清楚。

那一個下午，他又來到了上海，坐在人民廣場旁的上海美術館陽台，藍天下，他和那女人聊著，兩人喝著她最愛的金芬黛粉紅酒。

那女人在五年前離了婚到上海。

半頽廢男人於是想問問她關於「割愛」的經驗。

「我和他根本沒有愛啊，怎麼割？」她笑著回說，所以，這婚她其實離得一點都不痛。

這答案把他嚇呆了，怎麼有女人願意和她不愛的男人結婚？

「當初我之所以會想和他結婚，是因爲身邊的人都一一結婚了，我不找個人嫁了自己也覺得怪。再來，他說他很愛我。我想，這也不容易，於是就答應了他的求婚。」她說著，語氣像在公司的簡報室做策略分析。

那後來呢？

後來那男人的工作在婚後一路不如意，收入時有時無，兩人也越來越無話可說。她知道，該是開口幫兩人解套的時候。

「我於是先哄他說，有人找我到上海工作，心想，先把兩人的物理距離拉開，造成心理的自然疏離，其他的，再慢慢來談吧。」她說，本來是打算到上海玩幾個月，給他一個閃電離婚通知，等辦完離婚手續她再回台北。

卻怎麼也沒想到，這離婚事一拉拉扯扯就搞了一整年。

她只得在上海找工作，再怎麼樣總要有個養活自己的收入，以便和他長期抗戰。

但是這世界就是這麼好玩，她一在上海找好工作，台北那邊的離婚手續也在不久之後辦好了。

就這樣，她成了被婚姻逼到出走上海的女人。

「你問我感覺怎麼樣。老實說，這婚我離得一點感覺也沒有，因爲我自始至終都知道我不愛他。」她看著他，笑得很甜，答案聽來卻很冷血。

「如果硬要說我心裡對這一段婚姻有什麼不舒服，那除了對他覺得不好意思，浪費了他的人生，之外……」她停了一下。

之外還有什麼？

「就是離婚太麻煩了，竟然前前後後搞了我一年，我的天啊！」她說。

「想到離婚這麼痲煩，我眞的不敢再結婚了。」她又說，用一種警告他的過來人語氣和表情。

雨中煙火

大年初一，台北整天都是雨。這種過年天氣，半頹廢男人除了躲在家裡，還真不知道有什麼事情好搞。

他記得手機裡幾天前有封簡訊，是位音樂圈界朋友的邀約。

「派對時間從下午四點到隔天清晨四點。」朋友的簡訊寫得很自然，他讀起來卻覺得有點誇張，這新年派對像是在搞馬拉松，從下午四點搞到隔天四點，整整十二個小時，他無法想像這樣的派對要怎麼搞。

他依約到場，才發現場面遠超過他想像的。那個位於東區一百多坪的住家大概來來回回出入了兩百人，而且都是台北音樂圈的名人。他像個粉絲一口氣見了很多自己頗爲喜歡的大明星。

並不是很大的房子，但是朋友很大方的把住家的每一個空間都開放出來。每個人各取所需的在他家裡四處找樂子，吃火鍋的，喝酒的，聊天的，打牌的，躲

起來親熱的，在沙發上睡覺的。為了炒熱氣氛，還開始玩起賓果，每把總彩金兩三萬這樣的玩，大家都玩得超high的。

半顏廢男人其實並沒有玩得太專心，因為一直發現有雙眼睛在等著他。

他本來以為是自己多心，試了兩三次，確定她是一直在瞄他。

「我們好像見過？」他猜她再過幾秒會向他開口這麼說。

「我們好像見過？」她真的這麼說了，表情不像在演。

「對不起，我真的想不起來了。」他看著她，是個長得很藝術家的高個兒女生，和他前女友的身材和氣質都超像，是那種讓人無法抗拒的長腿豐胸有書卷氣又帶著些無邪天真性感的那種天使型魔鬼。

半顏廢男人努力的想了半天，腦海裡慢慢浮出一些關於她的印象。

是三年前半顏廢男人公司辦的一場活動，她代表她公司來接這案子，兩人溝通得不是很好，大吵一架之後，那案子也就吹了。他還記得在會議室裡把她罵到哭，在工作場合裡，他從來不懂什麼叫憐香惜玉，相信在職場裡是不分男女的。

他於是向她提起了這一段，她也回憶起來，兩個人同時都笑了。

她開始改口叫他大哥，他笑了笑，不知道接下來該說什麼才好，沒話，腦子裡一直浮著前女友的影子。要死了，怎麼會遇到和她這麼像的人，連那性感的美國南方口音都那麼像，他心裡一直對自己唸。

她告訴他，自從和他吵過那一架之後，也離開那家公關公司，到美國讀了兩年書。前陣子剛回來，正好也認識半頹廢男人的朋友，就來這裡消磨時間。

他不知該再說些什麼，平常不算話少的他，這時候卻不知道該說什麼。他不知道為什麼，就是沒有心情和她聊下去，甚至想早點離開這段談話。剛失去愛情的他，在這一刻清楚的發現自己正在進行一種自我防衛。反而是她，對於他會出現在這裡很是好奇，一直對他問東問西。

他告訴她，是因緣際會認識的朋友，平常工作也沒什麼交集，並不算很熟的那一種朋友，所以，派對裡那些平常在媒體娛樂新聞裡出現的大小名流，他也都完全不熟。

「總的來說，我在這裡就是陌生人一個，除了主人，我誰也不認識。」他笑得有點苦，心裡想，這話她應該接不下去了。

想不到這句話卻給了她機會。

她開始帶著他一一認識了場內的大小明星，每個人看到她，都熱情的打招呼，有些人還以爲半頹廢男人是她的男伴。

「妳怎麼在這圈子這麼吃得開？人面這麼廣？」半頹廢男人好奇的問她。

「我很早以前就開始在這圈子作小宣傳，很多現在的大紅牌都是我帶大的，每個人都得叫我一聲姐姐。」她語氣裡並沒有什麼得意。

「老實說，我是看你一個人這樣挺孤僻的，有點不忍心，才這樣雞婆，大哥，您別介意。」她忽然拍了拍他的肩膀。

他被這一拍，又想到那個喜歡照顧人的她，差點眼淚都快被拍出來了。他笑得有點苦，不知道該回她些什麼，知道她是好意。

「走吧，到屋頂放煙火去。」她忽然提議。

兩個人把一整箱的煙火翻出來亂放一通。他看著滿天的煙火，想的還是那個長得很像眼前的她的前女友。

在煙火中，他覺得自己花了眼了。那張一直對著他笑的臉，讓他分不清誰到底是誰了，不過，那也不重要了。

此刻的半頹廢男人，正進入那早已遠離的情愛記憶裡。他想起兩個人曾經有過的如今夜煙火的美好過往，像是在淺水灣的雨夜看著兩人的臉被夜光的雨滴紋著再浪漫不過的刺青，或者那讓他永遠不想醒來的無數恩愛過往。

但是這一刻，他知道自己只是在自憐，在極力想逃避往事的同時又宿命般的被提醒。

煙火在雨夜裡朵朵閃耀，她笑得像個小女孩，看到那簡直一模一樣的笑容，他整個人的神經立刻收緊。他覺得這是老天在戲弄他，在失去一段愛情之後竟然又安排一個和她如此酷似的女人出現在他身邊。

他知道自己不是那樣的人，不管這是老天的美意或惡意，他知道自己心裡那個屬於愛情的角落在抗拒一種補白。

他於是悄悄的離開那個派對現場，並沒有驚動她。他知道這樣不好，但是，至少在那一刻可以讓自己好過一些。

公主的錯別字和她的人生

「那天我在華納威秀遇見公主，看來和當年我們在大學的時候幾乎一模一樣。」他對著半頽廢男人和大家這樣說。

是在聊一位當年班上一位班花級的女生。大學同學的男生聚會，很自然的就會談到班上的女生。

這女生，有家世，有身材，有臉蛋，也有氣質，後來去了法國讀書，讀完書又回到台灣嫁人。一提到她，每個人都印象深刻，不用再去問她是誰誰誰。

「眞的不知道該怎麼形容她這樣的一個人，表面上看來是非常完美的，事實上，她眞的也沒什麼大缺點。」曾經在大學時代和她在社團一起合作很長一段時間的某人忽然有感而發。

「怎麼了？」半頽廢男人對他這樣說有點好奇，他不太能理解這話的意思。

「比如說，她的字寫得非常清秀漂亮。我是說，如果她寫書法寫成一本，看

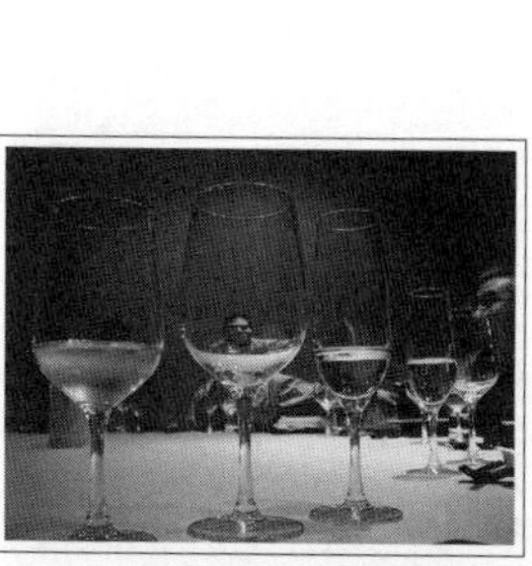

來就是可以印成書法範本拿去賣，眞的，不蓋你。」某人說。

「不過，她卻老寫錯別字，不管寫得再長再短都會有錯別字，甚至有一年我接到她的結婚喜帖，上面竟然也是好幾個錯別字。」某人又說。

大家都笑了。

除了跟著笑，半頹廢男人有點知道他的意思，一個字寫得漂亮到不行的女生，卻是錯別字大王，那有點悲。

他也於是想到，這位看來小家碧玉，長相端莊的班花級女生所經歷的愛情，光他自己所聽說，她到目前已經結了三次婚。

他開始回想起腦海中關於她的影像，每一張都是那種賢妻良母的畫面，從一開始認識她，就覺得她未來一定會嫁個好人家，有個好家庭，生兒育女，過完平安喜樂的一生，總之，就是那種超典型的「人妻級」良家婦女，一生出來就是要當貴婦的那種。

他想，也許這人世間一切的「以爲」，都只是一種很普羅大衆化的自以爲是，但是仔細去一想，這些「以爲」其實也沒什麼道理。

就像一個字寫得很漂亮的女生，大家就理所當然的「以爲」她不應該寫錯別

字，或者一個長相個性都很賢妻良母的女人，大家也「以為」她就應該在正常穩定的婚姻裡從一而終的走完一生。

「她現在不知道結第幾次婚了。每次看到她，我都想問，不過，總聊不到這事，我們都是寒暄幾句之後就忙著說再見。每次想到她，都覺得很替她難過，這樣的一個女生，卻是這樣的人生。」某人又這樣對半頹廢男人說。

半頹廢男人卻不知該如何回這話。他只知道，如果自己的人生只是為了活在別人的期待裡，那真的是一件很累的事。

他寧願相信那女生此刻的人生是快活自在的，不用在乎別人因為她的字寫得好就為錯別字感到自責，也不用在乎別人因為她長得像賢妻良母就停止去追求她所想要的愛情和幸福。

她還是一個字寫得很美，長得很美的女生，至於錯別字和所經歷的婚姻，那都是她自己的人生，不需要在乎誰來說長道短的。

他相信每個人都該有一片自己的天空。在這片天空裡，每個人都可以自在的呼吸，勇敢的做自己，過著自信自然自在自我的人生。

是啊，自信自然自在自我的人生。半頹廢男人忍不住也這樣對自己說。

死去與重來

半頹廢男人走進攝影展會場，看到那些掛在牆上的熟悉影像，忽然覺得，這二十年來的人生像夢。

是一場紀念台灣解嚴二十年的報導攝影展。他在開幕那天一大早就到場，而且還一張張看個仔細。

沒有人知道他爲什麼這麼在意這場攝影展。現在的他，從工作角色看來和這些照片扯不上任何關係，也少有人知道他曾經在這些照片的年代幹過攝影記者，經歷過台灣社會這場漫長的動盪與變化。

但是他知道，這些照片不只記錄了台灣社會二十年來的變革，也記錄了他從天眞青年走到失眞中年的人生。

參展的攝影家幾乎都是同一時期一起跑新聞的攝影記者，有些人現在甚至還在線上。男人清楚的記得，當年是如何和這些人在街頭運動現場衝鋒陷陣的。

看著一張總統府前的自焚照，他忽然想起那一天自己正在現場採訪，也拍了那自焚者的照片。在那張照片前，他看了好久，其實已經忘了眼前看到的是什麼，腦海中閃過的只是這二十年來的種種人生。

是啊，二十年了，怎麼回憶起來忽然覺得好近，那個穿著攝影背心、短褲加涼鞋和掛著三台單眼相機的自己好像已經死去了一樣，對於現在的他，那個曾經的自己只是個遙遠的記憶了。

那個自己，感覺上和幾個已經過世的朋友一樣，就是個記憶了。

那個曾經天眞的以爲這一輩子可以任性的過的自己，那個相信公平眞理和愛的自己，那個曾經認爲自己不需要爲五斗米折腰的自己，那一個個曾經的自己眞的已經不存在了。現在的他，那個站在照片前想著二十年前自己的自己，是一個傷痕累累的中年人。

他想著，這一刻，這個歷經人生種種磨難的自己才是眞實的吧。誰知道，下個二十年後，未來的那個自己會變成什麼樣子？

他只知道二十年前的自己不知道自己會變成現在這個樣子，離開了他曾經視爲終身志業的報導攝影，歷經了一個個自己想都沒想過的工作與角色，這些角色

曾經給他榮耀與希望，也給過他挫敗與失望。他走過意氣風發，也走過落魄與消沈。

所以，二十年後的自己是現在如何也想像不到的吧。他對著自己說。

他忽然想起在商學院上策略管理課的時候，老師還稱許他是班上少數具有洞見與視野的學生。現在，想到自己的人生發展策略卻是腦袋一片空白。

他感覺到自己這部分的狀況，表面上任性且隨興，但是骨子裡卻有磨不掉的自信和雄心。明明告訴自己，人生最好的策略叫放棄，這下子卻爲自己的人生策略空白感到失落。

他腦子裡閃過許多二十年來的人生影像，想起那些無法整理清楚的愛恨情仇，回憶起來，卻只有一種感動，一種覺得是恩賜的感動。他知道，那都是他這輩子最寶貴的資產，因爲是自己活生生經歷過的人生，無法重來也無法取代。

他想起那種種回憶背後的心情，有的像天堂有的像地獄，現在終於知道，沒有任何心情是可以永遠被留下來或過不去的。人生的每一場戲，在走過之後，就只是一個個回憶。這些回憶，不管活在別人或自己的腦海裡，都是生命活過的最佳證據。

想到這裡，他忽然像是幫自己找到另一種解讀人生的方式，所謂的人生，就是不斷的死去和重來吧。

就像眼前這些和他一起走過二十年歲月的照片所帶來的啓發與感動，他於是了解，人生的意義，不在於活得好或活得壞，而是努力去感受和自在。每個生命都會走到終點，每個愛恨情仇都會過去，唯一留得下來的，只有回憶。

他於是知道，每個人的人生都只是一場攝影展，而每個人也都是記錄者和觀賞者。

他忽然不再爲未來感到茫然或傷感。

這一刻，他忽然變成了自己人生的觀衆，充滿期待的準備觀賞自己這個生命會留下什麼樣的紀錄與回憶。

放棄世界與找到自己

「我建議你去把《靈山》這本書看完。」她在半頹廢男人的部落格裡留了這一句。

沒有人知道她爲什麼會毫無來由的送給他這句話。

但是他知。

她不要他再這樣浪費力氣和精神了，她要他把生命中最值得寫的感動給寫出來，而不是那些看來用了很多心思腦筋的市場產品。

她說，那只是這世界向他索求的文字，不會是他眞的想對自己生命所做的告白。

「你這是在浪費自己的生命，故意在迴避自己生命最精采的那一部分，不誠實，虛僞，污辱寫作這件事的高貴。」她也不是一次這樣罵他了。每次聽她這樣說，半頹廢男人心裡其實是感激的，這麼多人看過他的文字，只有她一眼就讀出

來，這男人一直在努力逃避那眞實而血淋淋的自己。
只是，他好奇，爲什麼她如此的激動，終究是他的人生啊，與她何干？
於是他回到人生中那些最深沈的記憶，像個在暗室中打開收藏珍愛小鐵盒的小男孩那樣，看清楚四下無人之後，一溜煙的潛進了人生最神祕的記憶河流裡，去觀看那些最不堪的人生記憶。
沒有一個記憶是他想再經歷一次的，但是，也沒有一個記憶是他忘得掉的。在暗夜中，他不斷的爲這些曾經的愛恨情仇人生流淚，但是，又如何呢？他知道，也許，終其一生，他都沒有勇氣把這些寫出來的。
那是自己的脆弱，也是一種當事人不在乎的厚道吧，因爲他知道，如果再去訴說那些傷痛，不管在理性或感性上是沒有任何價値的，而當他眞的開始這樣做時，就是選擇了另一種人生，一種全然爲自我而活的人生。
「也許，你該思考的不是價値這件事吧，有些人的人生，其實不適合用『値不値得』這幾個字來衡量的，像你。」她的聲音又在他腦海中這樣的出現。
他知道她的意思，那是一種生活的選擇，寫作這事本來就不該是職業或目的，那只是一種存在方式，一種被解釋的存在方式，是這世間很少會被選擇的存在方式。

於是，他花了一整個星期，依她的建議讀完了高行健的《靈山》。

翻過了這一頁，他想，他有些懂得她的意思了，她爲什麼不要他再寫那些動機性很強的文字，因爲那會越寫越不是自己。當一個寫字的人放棄了這個世界，才能眞正找到自己。

他於是知道那是他要的未來了，把自己最眞實人生萃取成文字，不管寫在哪裡，當這些文字被看到之後，經過不同的解讀，這些他所活過的感動於是也有了不同的意義。

他知道，這是他要的，儘管他也知道自己對於那誘人的名利仍強烈留戀著。甚至是，這種看來連自我都嫌惡的批判反思，他都覺得有趣多了。也許不能被理解，卻是一種極眞誠的自我對話。

這一秒，我愛你

於是那個從紐約回來的女人和他聊到了《色戒》。

「怎麼說呢？看完那部電影之後，我整個人traumatize兩個星期。」她這樣跟半頹廢男人說。

對他來說是個很陌生的英文單字，他問了她這個字到底是什麼意思。中文程度和半頹廢男人英文程度差不多的她支吾了半天，還是說不清楚。

一旁的朋友幫她補充翻譯了半天之後，半頹廢男人終於懂她的意思，不過，並不只是懂了她的解釋，而是了解有些心情用英文來說會更具體清楚些。他其實也了解她想說的那種感覺用中文說是很難說清楚的。

是精神受創的意思。traumatize不像崩潰那麼嚴重，而是程度不明的精神受傷，就好像一個人手指頭被紙張割傷那樣，傷口也許不深，但是總會痛個好幾天。

他無法理解她爲何會有這樣的感受。對他來說，他記憶最深刻的是電影的最後，湯唯跟梁朝偉說的「快走」。對他來說，「快走」這兩個字就等於這整部電影的答案。

他說，那是告訴他，一個女特務被愛情征服，決定放棄這個世界，一種殉道的淒美。對她來說，愛情不只是愛情，更像宗教，讓她選擇在最關鍵的一秒，爲愛人放棄了自己的生命和所謂的國家利益，等於爲了愛情把大我和小我都丟了。

她聽他這樣說，開始覺得眼前這男人懂她，但是也不懂她。

「也許，她在說『快走』的那一秒就後悔了。」她說，女人的感情就像海裡那起起伏伏的潮浪，自己常常都搞不清楚下一秒愛不愛了。

她接著說了讓她精神受創的緣由，因爲跟自己的感情歷程太像了。

「女人在愛上一個男人之前，總要用各種方式去幫自己找理由，甚至都已經身陷其中了自己還搞不清楚。」她對其中幾場情慾戲所要表達的意思做了這樣的註解。

「但是，就在那許許多多起起伏伏的瞬間，在許多次的愛與不愛的思考之後，她就走到了你說的那一幕。」她說，他那個觀察其實就等於是她所說的那些

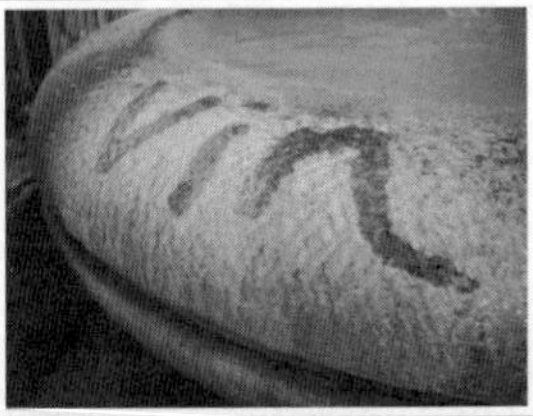

讓她精神受創的劇情總結，這也是她一直以來感情路上最受傷的事，那種愛情的不確定感，讓她不知道自己到底是如何走進一段愛情的，然後，不管一段感情的獲得或失去，都是自己在事後找藉口。

「聊聊你的女人吧！」她忽然話鋒一轉，這樣問他。

他笑了笑，用很含糊的方式應付了兩句，只告訴她，他有個聰明、美麗但是卻強悍頑固的女人。

「就像妳說的，有時候我也不知道下一秒她對我的愛在不在。」他老實的這樣對她說。

「是啊，就像我自己也不知道，我怎麼會在這一秒有愛上你的感覺。」她忽然對他開了這一槍。

他只得大笑，以掩飾那不知所措的慌張。他知道那只是她這一秒的感覺，這一秒過去，她也許也就忘了。

而他，也開始認真的思考著，這一秒，他心裡的愛到底在哪裡。

第二杯咖啡的愛情眼神

半頹廢男人在巷口的星巴克點了他今天的第二杯特濃美式咖啡。

他發現那咖啡妹在送上咖啡的同時一直盯著他看。兩人眼神在交會時忽然出現一種奇特的失語狀態。

就好像明明兩人在這樣的氣氛下要來個一兩句話，比如說她會問：「還需要來點什麼嗎？」或是他會答：「暫時還不需要，謝謝。」之類的。

但是，兩個人眼睛看著彼此卻說不出話來，這場面讓半頹廢男人覺得有點納悶。他覺得眼前這小女生讓他喜歡，但是他也知道自己對眼前的咖啡妹不是那種想法。

「有事嗎？」他忽然對她問了這一句沒頭沒腦的話。在咖啡店裡，客人和服務員之間的對話絕少有這樣的，這話聽來該是她問他的。

不過，他想，也沒有別的更好的問話了，總不能兩人四目相對三秒之後，再同時轉頭視而不見，那更怪吧。

他知道那是很特別的眼神相遇，一定是有雙眼睛等在那裡一段時間，不管有沒有在等待另一雙眼睛迎上前來，但是等到他的眼神和她連上線時，她要把眼神轉開其實爲時已晚。

她眼神並沒有閃開，她不想閃躲，她是一直等著和半頹廢男人說話的。

「沒事，只是想說你今天喝了第二杯特濃美式。」她問了這一句，聽來用意並不是這答案，或許，她是爲了聽他說話的聲音。

「喔，妳注意到了。這沒什麼吧，一天喝兩杯咖啡沒什麼好大驚小怪的吧？」他直接回了這樣一句沒有什麼設計感的話。

通常，他如果想對一個女人開把的時候，會從腦子資料庫裡抓出一些東西來設計一些梗，不管是不是老梗，不過，他不知道自己竟然被她注意到了，有點反應不過來的小小手足無措和口拙。

「你爲什麼要喝這麼多黑咖啡呢？」咖啡妹開始露出二十多歲小女生的好奇眼神問他。

「我在寫稿，一天要寫很多，不想花太多時間睡覺。」他老實說。

「所以連刮鬍子的時間也沒有？」她接著問，看來這才是她開口想問的事，她顯然非常好奇他的鬍子爲何長得那樣。

半頹廢男人忽然想起自己已經一個星期沒刮鬍子了。這個長假他每天寫一萬字，其他什麼事也不想管。

「你寫小說？你是作家？」她的口氣好像自己原來猜的事情是對的一樣。

「只是在自己部落格上亂寫，寫來自己爽的。」他老實的說。這句話倒是說得一點也不害羞，他知道那是事實。

「那你最近在寫什麼？」她更好奇了。

「寫一個男人失去愛情之後如同活在地獄的那種心情。就好像自己和前任愛人共同孕育了生命，結果這生命現在已不存在了。他用獨白的方式來回憶這段愛情從生到死的過程。」他流暢自然說，像是個老練的推銷員，終究是每天日以繼夜在寫的東西。

「聽來很吸引人，寫好了借我看好嗎？」她忽然這樣要求。

他點點頭。

兩個人眼神又這樣再度交會，沒話，但是誰的眼神都不想躲。

「妳幾點下班？」看了她三秒後，半頹廢男人終於開口問她。

「三點。」她還是看著他，眼神也毫不閃躲的這樣對他說。

過沒多久，淚珠們終於達成協議，串串的奔流而下，劃過冰冷的臉，流進他那憂傷得像兩萬里黑洞的心裡。

愛慾的發音練習

半頽廢男人總覺得自己超幸福的，特別是當每一次她狂吻他的時候。

他喜歡她那種突如其來的吻，吻得就像神風特攻隊，不顧一切的，像要把整個命都給他似的。

那種吻，是深情露骨的，好像連自己的呼吸都不在乎的那樣，一發不可收拾的被極大的歡愉激勵鼓動著越演越烈，吻到後來，兩人都覺得自己快被活生生的吞了那樣。

算算相戀的日子，他覺得兩人至少吻過三萬六千次了吧，但是每一次都無比的美好，他牢記這些動人的畫面，精準的存在他的記憶倉庫裡，半頽廢男人當然沒有辦法一次次的去描述清楚時間地點和整個過程，但是他就是知道，每一次的吻都是無比美好的獨特。

他愛這種感覺，兩人擁吻的時候，他清楚的感覺得到那是一種極緊密的交合，不管是靈魂或肉體的。

吮著彼此的同時，他和她都會同步產生一種難以說清楚的慾求，就是想要完全的佔有，完全的進入，那種強烈的需要，已經大大的超過性愛能給予的美好，或者，更該說是性愛不能取代的歡愉。

性愛的快樂可以在進入她身體的時候精準的反應與感覺出來，但是那每一個無比美好的吻，卻像是兩人被一種力量拉動進靈魂最深處一樣，就像他常在每一次歡愛之後對她說的「我們眞的做到靈魂裡去了」。

在見不到她的時候，半頹廢男人常常會自己在腦海中倒帶重播那無數次的激情熱吻。

他在那個眼睛看不到的視界裡，看到兩人的唇如何難分難離，兩人的舌頭也像激情的森巴舞者不斷的貪婪糾纏著，那渴望的手又是如何游走在對方身體最私密激情的角落，更別提那包藏著如地心滾燙熔岩慾望的軀體，已經失控的越過世俗禮教的重重界限，而這一切的激情和美好，都源自於她那性感朱唇。

而她，也總是在他不經意的時候發現對他唇舌的渴望。

「你再唸一次。」那一次，她在電話裡聽到他不經意的唸出了「liberal（自

由派）」這個字，那一瞬間，她整個人的情慾開關竟然就這樣被打開了。

她跟半頹廢男人說，聽到他唸出這個英文字的時候，好像身體的某個性感帶就這樣被深深的撫觸。

「好興奮。」她一聽到他唸liberal，竟馬上在腦海裡浮出畫面，彷彿看見兩人的舌已然激情纏綿起來。

此後，她總是常常要求他唸這個英文字給她聽，而他也總是樂意像做英文發音練習似的做這事，即使他知道，他的發音完全不標準，即使他知道，英文好到像母語的她，根本知道他的發音是錯的，但是，她就是喜歡他這樣一次次的錯下去。

無所藏於天地間的活死人

對於算命這件事，半頹廢男人的感覺一直很複雜。

他算過幾次命，回想起來都不是很好的經驗，不管聽到的是好是壞，到頭來實在想不到有太多正面的影響，算命的說好和不好都讓他無所適從。

所以他總是刻意和算命這件事保持距離。

「我沒有命。」他永遠記得過世很久的老祖母這句名言。這位樂天堅強的女人活到了九十歲，一輩子健健康康的，然後在睡夢中上了天堂，走得沒病沒痛。

「你要記得，命是我們自己創造出來的，相信自己的命是怎樣就會變那樣。」老祖母在世時總是這樣對他說。

然後，她總是會很得意的告訴半頹廢男人，她這輩子沒有讓算命的騙走她任何一毛錢。

不過，開明的老祖母並沒有告誡他不可算命。

「總之，我們人是沒有命的，所以也不需要算，頂多，什麼事認命就好，不管好或壞。」老祖母總是這樣對他說。

所以，之後經歷了幾次不是很愉快的算命經驗，半頹廢男人也就不算命了，有幾次飯局，幾位號稱準得不得了的大師願意免費送他一命，他也都說謝謝了。

「就讓大師看看吧，很多人想見他一面都要排上半年的隊呢。」同桌的朋友這樣勸他，他還是不爲所動，就和大師笑著對看。

他看得出來大師的笑裡有些特別的意思。

那是一種了解的笑，像是兩個人彼此知道對方腦子裡在想什麼。

不過，還是有朋友常常和他分享算命的經驗。

「你說得對，命是不該算的。」一位剛從香港算完鐵板神算回到台北的朋友這樣對他說。

朋友說，他從來沒有這樣被嚇到，算完之後他整個人六神無主不知該怎麼辦。

反正這算命的眞是準到嚇人。他花了兩萬多台幣，排了三個月的隊，買到的卻是無窮的擔心和傷心。

「一見面，他就說我去年離了婚。」朋友說，他眞的和老婆在去年分居了。

「然後，他又說，我今年會遇到我第二個老婆。」這也中了，他今年初認識的那個女人已經懷了孕，這位事業有成的朋友看來準備第三次當老爸。

「然後他又說了什麼？」看朋友一臉黑，半頹廢男人非常好奇的問。

「別提了，接下來的都很慘。」朋友的臉色像看到了地獄。

「他說我的事業這兩年開始走下坡，明年會破產，而且越拚會越慘，我這輩子就是這樣了。」朋友的聲音開始沙啞。他說，這事他一直沒跟人提，其實兩年前公司周轉已經開始有些問題，他都是用以前的老本去貼，一直沒敢讓股東和員工知道，所以公司的經營看來還是一片榮景。

不過，說到這裡，其實還不是最慘的情況。

「然後，他說我只能再活十年。」沙啞的聲音變成哀鳴，聽在半頹廢男人的耳朵裡，那是只有很深很深的地獄裡才會聽得到的聲音。

「不過，我不甘心，我決定和天鬥。」陷於地獄的友人一臉絕地求生的表情。

「我會想像老天是獵人，我是獵物，把自己的人生姿態盡量壓低，低到老天看不到，就能改變命運。就像一隻躲在岩石縫裡的兔子，把自己藏得好好的，讓空中盤旋的老鷹看不到，就安全了。」朋友自信的說，只要這樣把自己趴在地上活十年，就算戰勝老天了。

「笨蛋！你這樣忍氣吞聲的活十年，和死人有什麼差別？」半頹廢男人再也忍不住了，一巴掌把朋友的辦公桌幾乎拍碎。他又氣又悲。

讓愛自由來去

半頹廢男人像往常一樣，在晚餐後散步回家，隨手拿起一本深雪的小說就在桌邊讀了起來。送他這本書的小女生說，裡面有些片段把女人對於情愛的感覺寫得眞好。

他本來是好奇的，總覺得自己眞的不了解女人，總是不知道他愛的女人要什麼，這可能是他的情路爲何一直走得如此坎坷的原因吧。

不過，到了這年紀，他眞的有點看開了。也許仍然渴望愛情，但是卻又不想爲了求得一段愛情把自己的身段搞得太不優雅。就這樣，他身邊的女人來來去去的，一直沒有一個人能留得下來。

有時候，他還眞爲自己這樣的生活感到滿意，除了晚上回到家面對那一屋子的黑，一個人的生活也眞的沒有什麼太大的不舒服。

他常常一個人泡在浴缸裡聽著德布西的音樂，喝著波本抽著雪茄，想著自己曾經的人生，那些愛與恨好像都像上輩子的事，他就這樣走過來了。現在這樣的人生，他不想再去解釋和挽回什麼，就當自己是個旅人，一路去經歷感受人生的種種。他想，他是要這樣過完他往後的人生的。

最近認識了一個小女生，聊了幾次天之後，她送他一本深雪的小說。他擺在飯桌上幾天了，一直沒有時間讀。

現在意外發現了這本書，他坐在桌邊，隨手翻了起來，赫然看到一段很震撼的段落。

那些文字寫著，一個表面溫順的女子，對於自己的愛情並不滿意，也不忍離去，所以每天心裡默禱著，希望她的男友能在任何的意外中死去，比如被車撞死或喝水嗆死，這樣，她可以很自然的離開這段愛情，又不用背負任何道德的壓力。

半頹廢男人讀到這裡，忽然想起自己生命中曾經歷過的女人，至少，他很肯定自己不曾帶給任何女人這樣的痛苦，他總希望給自己愛過的每一個女人自由。自由的愛他，也可以自由的不愛他。

他向每個愛過的女人說，如果眞的不愛他了，就應該勇敢放心的向他開口說。他也許心痛，卻一定能受得起，他尊重她的任何決定。這條感情路，他就是這樣走過來了。

想到這裡，他心裡好過多了，至少，他的女人在離開他的時候，是自由而自在的，他也不會被暗地詛咒著的。

第二杯愛爾蘭威士忌

半頹廢男人和她，在這家小酒吧裡相遇過千萬次，但總沒機會說上話。

他對她的喜歡，並不是那種很典型的男人對女人的喜歡。他喜歡的是那種兩個人隔著一層若有似無的疏離感，明明知道對方這個人，卻完全不知道彼此是誰。

至少，她對他是如此的，這個以北愛爾蘭唱腔走紅的女歌手。

不過，半頹廢男人相信，她是知道他的，因爲兩個人都在酒吧的酒架上存了同樣一瓶十二年份的愛爾蘭威士忌，而這家酒吧裡也只有這兩個人存了這個牌子的酒。他知道，這個年份台灣並沒有進口。他相信，對於同一瓶酒的認同，是兩人之間一種命定的密碼，他們注定會相遇和相識的。

至於她，儘管從不上節目打歌，也只出過幾張唱片，但是她的冷豔和任性卻風格獨具，第一次在這家酒吧裡看到她，他真的嚇了一跳，後來一想，以她的作

風，這種只能坐得下二十人左右的清靜小店是再適合也不過的吧。

有趣的是，每一次的相遇，他和她都分坐在吧台的兩端，那是兩人各自覺得安全的角落，他知道，這是一種習慣，每個單身酒客都會有的行徑，在自己的角落裡啜飲一生的寂寞和孤獨，像隻自我舔食傷口的貓。

所以，很久了，每一次，他總是靜靜的遠遠看著她。她也知道，她知道這個坐在L型吧台那一端的陌生男人，和她喝著同樣一瓶稀有的愛爾蘭威士忌，一直用故作優雅的姿態看著她。

他看著她的時候，心裡並沒有太多想和她說話的衝動，只是一邊靜靜若有似無的看著，看著她白淨如羊脂玉的瓜子臉，不開心的眼神，以及講電話時無預警如火山爆發的笑容。他覺得自己就像個旅人，在心裡經歷和品味她這幅風景，再加上想像她率性自我的音樂與歌詞，她的任性與煙視媚行。他好愛這種感覺，無負擔的美好。

很頑固的，大半年過去了，彼此的存酒也喝掉了好幾瓶，他和她還是一直喝著同樣一瓶蘇格蘭十二年，兩個人還是沒有講上一句話，但是彼此的存酒卻天天依偎在一起。酒瓶上掛著兩個人的名字，好像穿著新郎新娘禮服一樣供人瞻仰，整個酒店就只有這兩瓶同樣牌子的存酒，也許別人根本沒注意，但是各自的主人卻無法視而不見。

他不想像個歌迷粉絲般的被她認識，儘管心裡對這位特立獨行的女人有無窮的興趣。他想，以她的個性，不會喜歡任何討好的低俗行徑的，再加上，他無法想像自己和她會發展出多深刻的關係。

終於有那麼一天，酒吧老闆看不下去了，介紹半頹廢男人和她認識了，還送了那瓶十二年愛爾蘭威士忌當兩人的見面禮，那也正是他失去一段戀情的低潮時刻，這一晚兩人聊得挺開心。

「妳知道嗎？認識妳，是我失戀七十二小時之後遇到第二件美好的事。」他知道自己有點醉，但是理智還算清醒，於是丟出這句想了很久的台詞開把。

「那第一件美好的事是什麼？」Bingo！她果然如他所預期的，好奇的追問。

他搖搖頭，說目前不方便說，他知道像她這樣女子的個性，只要心裡有個結打不開，就會一輩子不舒服。

於是，爲了尋找這個答案，她邀了半頹廢男人到她的家裡說個清楚，於是，該發生的事還是發生了。

當兩個人在一陣性愛雲雨後醒來，他心裡微微不安的坐在床頭，抽著小雪茄試著幫自己找一些清醒。他有點慌，不知道這樣的進展是不是太快?從說第一句話到做愛，其中也不過四個小時，但是兩個人整整做了九十分鐘。

她醒來，發現他在沈思著，於是從背後給了他一個環抱，問他：「那第一美好的事是什麼？」其實，那九十多分鐘的美好讓她對這問題已經不這麼好奇了。

他也於是回過頭來給她一個吻說：「是我買了妳的新專輯。」

她笑了，笑這男人的貼心和討好。

兩人再度的擁吻，愛撫，持續在她那張貝殼造型的水床上歡愛到天明。

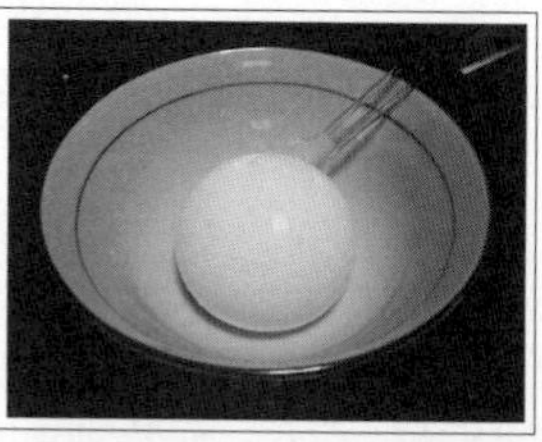

隆河席哈和野情人

半頹廢男人喝了一口二〇〇三年席哈（Syrah）紅酒，不經心的笑看著她，幽幽的說了一句：「好野。」不知道是在品評手中的這杯酒還是這一夜的她。

他想起過去那八個小時，馬拉松式的床上荒唐，兩個人徹夜的男歡女愛，不斷的聊著和纏綿著，像是想把兩人這一生經過的大小故事都交代清楚。

但是更多的時間，他和她，其實是用來凝視彼此，就這樣，做完聊，聊完再做。八個小時過去，兩個人看來都累了，但是誰都不肯睡，好像要把自己這輩子都消磨在這張大床上。

他從來不知道，自己竟然能夠這樣。對一個女人百看不厭，好像上輩子沒看夠，這輩子是要來補償用的，他看著她的眼、鼻、唇和一身雪白的每一吋美麗。

他看她的方式，其實也是自己從來沒有過的，他不記得自己曾經如此仔細的閱讀一個女人，看著她眼睛的時候，他像個掃描器般的仔細看，那薄得異常性感的單眼皮，不管閉著或張開都在說話。

而她的眸子，則深情而誠實的傳達著興奮和幸福，在他進入她身體的每一秒。

讓他更驚奇的發現是，他竟然在兩個人最親密而瘋狂的時刻，從她的眼珠裡看到自己正放浪著愛慾的倒影。「我看到我在你的眼睛裡耶！」這時候，她好像也發現了同樣一件事，在兩個人的眼睛相距不到二十公分的時候，像個興奮的小孩這樣向他說。

他笑著，算是回應著她的發現，忍不住去吻她的唇，這應該是這一晚的第一千零一次，他開始擔心兩個人的舌頭隨時會抽筋。

又再瘋狂的吻過一千零一次之後，他和她，兩人一絲不掛的走下了床。在客廳裡，打開那瓶從法國隆河帶回來的「席哈」，和她就著落地窗外的陽明山夜景對飲。

他忽然覺得，和她耳鬢廝磨的這一夜，竟然和手中這杯來自隆河的席哈紅酒一樣狂野而令他再三回味。

最後一次的村上春樹式愛戀

「這是我最喜歡的春上村樹。」她不知何時出現在半頹廢男人身後，說了這一句。

他停下手上正在翻的《遇見百分百女孩》，看了她一眼。

她穿著工作制服，半頹廢男人知道她應該是這家二十四小時書店的店員。

他點點頭，用那種他鄉遇故知的眼神。

於是兩人就這樣聊了十幾分鐘的村上春樹，像是兩個練家子在街頭巧遇，知道彼此都是習武之人，一時興起開始就地比畫那樣。

他知道，如果這是一場比畫，她很難不被他征服的。

他看過每一本村上春樹，每一本。他甚至可以模仿村上的語氣和敘述方式，甚至爲故事中的每個人物畫出關係族譜。

經驗告訴他，很多人迷村上，但是能像他這樣把村上研究到透爛明白的，他

一直沒遇見過。

「我從來沒有遇到過一個這麼懂村上的人。」她笑了，那張看來應該出現在巴黎街頭的混血兒笑臉讓他開始意亂情迷。

難道是天意嗎？或許，在這子夜兩點敦化南路上的豔遇是村上的惡作劇。

「妳幾點下班？」他終於開了口。

她說再過三個小時。

「那我等妳一起去吃早餐。」他的問話裡沒有問號，像是命令。

她點點頭，要他到附近一家咖啡廳等他，兩人留了手機號碼。

他邊喝著咖啡，邊想著她的樣子。心情上，他盡量不把這件事解釋成一夜情。

手機上忽然傳來她的問候簡訊。

「好奇怪，我竟然開始想你了？」她的每一個字都透露著莫名的愛意，濃烈到，他幾乎聞到了。

「會想念一個人是二十多年前的事了，那是我十八或十九歲的時候。」他於是也回傳了給她，用他所擅長的村上語法。

她像是被他愛撫到性感帶那般的不能自已，開始用簡訊大量的向他傾倒思念。

他於是發現，高科技對於愛情的神奇催化力量，他和她的簡訊在傳到第二十多通的時候，用字的內容其實已經非常銷魂蝕骨，好像彼此已是熱戀中的情人那般。

但是，這一刻距離他們此生第一次見面也不過一個多小時。

她在他收到第一百二十一通簡訊之後來到他面前。

他終於有機會好好看清楚她的模樣。

是個長得很好的年輕女孩，常常會出現在村上筆下的那一種。他知道，一定是這樣的，這女生服用大量的村上春樹來麻醉她的人生，連那蒼白性感都其來有自。

她說她想吃早餐，他依了她，兩人一路走到光復南路那家豆漿店，邊看著台北的晨光邊迎接著這神奇不可思議的村上式愛情。

她說，到她住的地方去吧。

他沒有太多的意外，也沒有太大的興奮，好像就是知道事情會這樣走下去。

她帶著半頹廢男人來到大安捷運站附近的公寓，她說她想先去洗個澡，他向她要了點波本，邊喝邊等著事情發生。

她要他在客廳先等一會兒，一邊打開音響，放了Mile Davis的音樂。

他聽了一會兒，竟然就在沙發上睡著，一直到她把他搖醒。

她說，如果想睡，就到她房間吧，睡在這裡怕其他的室友待會兒回來看了不好。

他點點頭，進了她房間，很自然的，兩人就這樣做了愛，像是兩個被村上劇本安排好的角色那樣。

當他和她的身體分開，半頹廢男人忽然強烈的感覺到，這是彼此最後一次的做愛了，因爲那讓他們陷入這一切的村上式情愛想像已經在來了性高潮之後消失。

很奇怪的一種感覺。在那一刻，兩人對彼此身體和靈魂的迷戀也同步消失，這愛情的逝去看來也非常的村上。

此後，半頹廢男人眞的就沒有和她再做過愛，即使他在一些失眠的夜晚仍然會去書店等她下班一起吃早餐。

所以，半頹廢男人和村上女孩的那第一次親密，也就成了最後一次。

這兩個赤裸的背德者，終究無法克服心中那霸道得不得了的愛情，明明知道自己喝的是毒藥，卻視死如歸的大口喝下。

關於人生的痛苦成本

酒喝到了一半，半頹廢男人和他的女人聊到了死亡這件事。

他祖母活到了八十九歲，在一個冬天的早晨醒不過來，就走了。臨走的前幾天，除了有些小感冒，並沒有任何不舒服的症狀。

「我希望我的死亡也可以像那樣，不會痛，像打了麻藥去拔牙一樣。」他喝了不少酒，但是腦子和心卻是清楚的。

他聽過很多種死法，包括有人在飯局時打個哈欠就掛了，有人做愛時高潮一來就掛了，看來都死得很爽，但是半頹廢男人都不覺得是好死法。他想著，死在飯桌上會嚇到友人，死在做愛的時候會嚇壞愛人，這看來成本都很高，都要麻煩別人處理和善後。

他想了很多次，最後得到的結論是，最好的死法是睡了一覺醒不過來，沒有人知道他走了，然後家人會以爲他只是昏迷，緊急送到醫院去。醫生看了看，開

個死亡證明，一生就這樣買單了，大家都不麻煩。

聽他這樣說，女人的表情很不悅，好像聽到金屬刮玻璃發出的聲音，整個臉孔是扭曲的，一時看不出是生氣或難過。

忍不了多久，女人終於哭了。她覺得他太不負責任了，只想好死，卻都沒想過愛他的人會活得多難過。

半頹廢男人被她哭得有點慌，不知該如何，只好輕拍著她的肩膀，卻被她一手推開。她說，他拍得像是在應付，一點都不眞心。

於是他們做愛。

兩人來了高潮之後，氣力放盡的睡了一小覺。女人裸著身子去洗澡，半頹廢男人則坐在床邊抽著他最愛的蒙地克里斯多四號雪茄。

其實，從開始做愛到現在，他一直在想，自己剛才爲什麼會那樣說那樣想。

他終於知道自己是這樣的人了。對於人生的一切，都追求最低的痛苦成本，所以看牙時一定要牙醫上麻藥，和女人分手了絕不回頭。

甚至，連死亡都希望能不受一丁點兒的苦。

去給狗……

半頹廢男人和他，坐在林森北路七條通裡的一家日式小酒館喝著純麥威士忌。

他是音樂界的金牌製作人，脾氣與才氣都像他的身材一樣頗有可觀之處。和他談過戀愛的女人，幾乎每個都曾登上過金曲獎的表演舞台。大家都搞不懂，爲什麼世間的美女老是容易成爲才子的愛情俘虜？

「她最近好嗎？」半頹廢男人忽然想起他現任的女朋友，也是個脾氣怪得有名的冷豔名伶。

「誰？」音樂才子故意答非所問，擺明是不太願意提起她。

事實的情況是，在走進這家小酒館之前，他剛和她在錄音室裡大吵一架。

他好氣，眞的很氣，卻又氣得想笑。馬的，這女人哪來這種幽默和智慧，竟會用這樣的對白來修理他。

記憶倒帶回三個小時前的錄音室，音樂才子和冷豔名伶爲了下一張新專輯鬧得不可開交，她總是唱不出他要的感覺。他越錄越火，忍不住大罵一句：「馬的，妳去給狗幹啦！」

這樣一句話剛出口，整個錄音室的空氣像凝結住似的，沒有任何動作和聲音，所有的工作人員都等著看這場暴風雨該如何收拾。

她瞪著一雙杏眼，看著眼前這個她所深愛的男人，讓人料不準她會嚎啕大哭還是破口大罵。

整整沈默了五秒之後，她忽然看著他的啤酒肚和蘿蔔毛毛腿悠悠的說：「我都給你這隻豬幹過了，還會在乎給狗幹嗎？」

於是，整個錄音室被一群瘋狂的笑聲給炸開了屋頂。

每次聽她這樣說，他心裡其實是感激的，這麼多人看過他的文字，只有她一眼就讀出來，這男人一直在努力逃避那真實而血淋淋的自己。

像根長釘子般的愛情與分子

她開口說分手的那一刻，半頹廢男人的腦子，忽然回到小時候那次被一根長鐵釘刺進腳掌的記憶。

他眼睜睜看著釘子從他的腳底板插了進來，就這樣蠻橫無理的成爲他身體的一部分。很奇怪的，那一刻，他竟然沒有痛的感覺，但是心裡卻怕得要死，他知道自己有大麻煩了。

他心一狠，用力把釘子給拔了出來，但是腳還是不痛，一開始還看不到一滴血，之後，血滴穿透厚厚的皮層慢慢的沁了出來。他越看越怕，覺得身體裡有極珍貴的東西要慢慢流乾了。那種恐懼，遠遠的超越肉體的痛苦。

就像這一秒，他聽到她說分手，竟然無法感受到心裡的痛楚。這樣沒有感覺的感覺，反而讓他恐懼。

他開始想像，在這一刻開始的任何一秒，那顆如此深愛她的心將會碎成血肉

模糊的一片片，然後痛一輩子。她的愛就像一根長釘子，在無預警的時刻刺進他的內心，又無預警的離去。

她哭了，說她好愛他，但是不能不愛她自己。他忽然開始覺得心好痛，他做了什麼了？怎麼會讓自己所愛的女人難過成這樣？那種自責的罪惡感也開始弄痛了他的心。

半頹廢男人這才發現，自己竟然是這樣的情人，不會爲自己的傷痛而傷痛，卻是爲了自己所愛的人的痛而痛。

印度之淚

那個在星巴克打工的小女生和半頹廢男人聊著她的印度之旅。

她參加國際志工團，選擇到印度作老人看護，她說，是一次很有收穫的旅程，邊說著，表情沈靜如子夜的湖面。

「認識了新男朋友嗎？」明知道不是這回事，半頹廢男人仍然無聊的假裝問這樣一句。

認識一段時間了，他仍然不確定自己和她倒底有沒有機會，她不是那種主動型的女生，甚至也不太被動。

她搖搖頭，說一整個月都和一位老婦人相處，根本沒什麼機會認識太多人，也沒有太多時間去旅行，而且，又是印度。

她說老婦人幾乎是一位植物人，全身癱瘓無法行動和言語，只能吃流質食物，她第一天的工作就是餵老婦人吃稀飯。

拿著稀飯走到病床前時，她看到旁邊病床的志工和另一位老病婦有說有笑的已經把飯吃了一大半，她開始有點慌，覺得自己進度落後一大截。

於是她的手不聽使喚的加速餵食動作，但是無言的老婦人卻緊閉喉嚨，把她餵的每一口食物硬生生的吐出來。

「這時候我才眞正學習到什麼叫『尊重』，即使一個植物人還是有她該有的尊嚴。」她想起這一幕，聲音中開始出現淚水。

他無限愛憐的摟著她的小肩膀，任她盡情的在他懷裡抽泣。

好不好？

「你好嗎？」她總是這樣溫柔的撫著半頹廢男人的臉，輕聲的問他。

「妳先告訴我妳過得好不好。」他也總不急著回答她。

「那你猜，我過得好不好？」她又這樣把他問她的話丟給他。

看來眞是兩個麻煩情人的對話。

「妳應該過得很好啊。」他說。

「爲什麼？」她不太能理解他的意思。

「因爲我過得不好，所以我希望妳過得好。」他回她。

「我討厭你這話，我過得好，並不是因爲你過得不好，你過得不好，也不是因爲我過得好造成的。」她有點火氣的說。

「說，你爲什麼過得不好？」她忽然有點不忍心，想知道是什麼原因讓半頹廢男人活得不好。

「因爲太想妳。」他凝視著她，等待著一個深情的吻。

4.

那些愛人教我的事

留給巴黎的最後一滴眼淚

第N次失業的時候，半頹廢男人去巴黎住了二十天，用去了他十分之一資遺費。

這二十天過得其實相當簡單，甚至有點拮据。他其實不是故意要省，而是一個單身漢在巴黎，想吃些好的又提不起勁，總覺得一個人走進餐廳要點什麼菜實在是件麻煩事，再多的好菜他也只能吃那些，其他盤子裡的也都浪費可惜了。

再加上巴黎的物價又高得嚇人，一碗白米飯就要一歐元，點兩個菜吃一頓就要十歐元，合台幣四百多元，而且還是簡單普通的粗菜色，面對這樣的行情，他實在花不下手。

於是他很快的自動調整成巴黎低收入階級的生活方式。

什麼是巴黎低收入階級的生活方式？就是紅酒加麵包。他讀過鄧小平傳記，老鄧當年留學法國時也是這樣過日子的，因爲麵包可以長時間保存，買一條就能

吃好幾天，而紅酒比礦泉水便宜，喝了能解渴也能醉。二十天的巴黎假期，他其實沒有吃喝過太多別的東西。

他去的地方也不多，絕大部分的時間花在逛博物館和墓園。出發前他看了一些導遊書，大概了解這個城市最重要的資產就是死人和古董這些老東西，但是到了之後才知道情況比他所理解的誇張很多。

他買了一張博物館的周遊券，本來想一個星期的時間應該夠他把巴黎的主要博物館逛一遍，卻怎麼也料不到光羅浮宮就花掉了他整整三天的時間。

他去那些知名的墓園看了鋼琴家蕭邦、大文豪王爾德和The Door主唱吉姆摩理森的墓，算是開了眼界，這些活著時不可一世的大人物，死後的墓看來都低調得讓人不可思議。

他忽然領悟到，也許這是一個永遠沒有什麼道理和正義的世界，但是死這件事卻是超公平的，除了誰都躲不掉之外，一個人死了就是死了，死了之後再大再豪華的墓對這個死人是一點意義也沒有的。

離開巴黎的最後一晚，他和那在巴黎的每一晚一樣，在投宿的小旅館喝完一瓶廉價紅酒，之後，爲了醒酒，一個人在深夜的巴黎街頭漫步著。

因爲是在巴黎的最後一夜，他特別幫自己「加菜」，買了一個小扁瓶的愛爾蘭威士忌揣在懷裡，邊走邊喝。他走著走著，竟然覺得自己像個在巴黎流浪多年的資深老酒鬼。

他走進了一個小公園，小公園跨著河流的兩岸，中間就一條橋串著，他走到橋的正中央，忽然有往河裡跳的衝動。

但是他馬上知道那不是他會做的事，他怕死，更怕死不了，儘管這時候的他不知道自己的人生還有什麼好留戀的。

他看著河裡的兩個沙洲小島，在夜色中像兩個發出電波的電台，把流水震出一條條的細紋。

他的思緒被像電波的流水勾動著，邊想著自己此刻的人生，一個同時失去工作、婚姻和愛情的中年人。

看著河面很久，他嘆了口氣，把最後一口威士忌倒進河裡，算是留給巴黎的最後一滴眼淚。

布拉格成年禮

兒子考上大學那一年，半頹廢男人想送兒子禮物。

「給我一張信用卡，讓我出國走一走，一個月後我飛回台灣就把這張卡剪掉，這個月花的都算你的。」兒子的眼神像個賭徒在賭他敢不敢。

他二話不說就答應了，等兒子再回來的時候，一看，帳單十八萬。

那對他不是一筆小錢，說不痛那是騙人的。

但是和兒子聊完之後，他卻覺得這十八萬花得超值得的，而且他知道十八萬在歐洲玩一個月，這小孩的生活過得有多簡約。

兒子說，第一站他去了布拉格，在東歐幾個城市住了兩個星期，睡過車站和森林和酒吧，在青年之家還讓背包客幫他理了個龐克頭，流浪得非常快樂，有點不想走。

但是又有點想家，卻又不想那麼早回台北，於是飛到了美國，在紐約、波士

頓各住了兩個星期，看了幾場松坂大輔的球賽之後才回台灣。

他問兒子記得旅程中的什麼。

這個剛滿十八歲的大男生告訴他，在布拉格掉了信用卡那一次他很慌，因爲不知道再下來會怎麼樣，一直到兩人通上電話，他整個心才定下來。

「但是我沒告訴你該怎麼做啊。我記得那時候我們只是聊聊，我告訴你別擔心，大不了我拜託布拉格的朋友去幫你。」他說。

「我知道你在布拉格沒有朋友。」兒子這次的眼神像他，那個老愛在會議桌上語不驚人死不休的他。

「你只是想讓我安心，讓我別慌。」兒子又說。

「你怎麼知道？」半頹廢男人嚇了一跳。

但是也不意外，終究是自己生的兒子，不可能不了解他的那一點點心思。

兒子說，其實他並不指望有誰在那時候來幫他，因爲是在週末掉了信用卡，根本找不到人來補辦，身上又只剩一些碎銀子，而且又是在那樣人生地不熟的所在，他知道這一刻所能依靠的只有自己。

「其實，那時候我只希望聽聽你的聲音，確定可以找得到你，這樣我就安心了。」兒子告訴他。

半頹廢男人聽兒子這樣說，會意的笑了，但是其實他想哭。

他想著自己是如何長成一個男人的，也了解兒子說的話是什麼意思。

他想到父親從小對他的打罵，以及成年後兩人的價值觀根本無法溝通，但是在情感上卻是那麼的需要彼此，而這份需要卻一輩子從來說不出口。

他好高興兒子親口告訴他這些，讓他知道他有多需要他。

浮沈的人生記憶

半頹廢男人接到兒子的電話，說他後天要跳結訓傘。

「你可不可以來幫我們拍個結訓照？如果可以，我就去跟班長報告。」兒子在電話那一頭這樣問，口氣像是很肯定他一定有空。

有空有空，當然有空，天空下刀子也一定有空。他這樣回兒子，兩個人都笑了。

時間過得好快啊，十年了，記得當年離婚的時候兒子才十三歲，想不到這小子現在已經讀完大學服兵役，還自願去當傘兵。

而他這老子，也將走向另一段新的人生。

「這樣好嗎？你讀台大的耶，再想想吧？」當兒子拿家長同意書給新訓中心的經辦人員時，那軍官好心的這樣問。

「報告長官，我老爸都簽字同意了。」兒子指著他的簽名對軍官說。

當兒子告訴他要去當傘兵，他其實沒有想太久，幾乎是馬上就答應了，他知道這裡面絕對有危險，但是是兒子這個成年人的決定，他一定要支持他，只要這事不殺人放火或傷天害理。

他於是打了這十年來唯一的一通電話給孩子的媽。

她的反應和他預期的一樣平靜，這十年來她和孩子一直生活在一起，不會不了解他的心思。

「就這樣吧。麻煩你幫他簽一下，終究是監護權在你這裡。」她沒多說什麼就這樣掛了電話，丟下欲言又止的他。

半頽廢男人很想和這個曾經和他共同生活近二十年的女人再多說些什麼，但是，好像也不需要了。

兒子跳結訓傘那一天，他依著他說的地點在台灣南部的那個降落場等著。

整個過程像一場爲半頽廢男人特別製作的電影，飛機遠遠的從天邊往他飛來，然後一個個人影就從機身一直往外飄，他注意的數著一個個跳出來的阿兵哥，記得兒子告訴他的次序，很快的，他看到了他。

他看到一身傘兵勁裝的帥氣兒子在空中自在的模樣，他看到那十歲小孩在爸爸媽媽吵著要離婚時的憤怒和悲哀，他看到十年來自己在情場和職場的血淚無奈，他看到那個即將和他結婚共度餘生的女人，他看到一幕幕自己也不知如何去言說的人生。

兒子終於平安落地了。他用望遠鏡頭狂拍近景特寫，不敢把相機從臉上移開。

以免那小子看到他這老子滿臉的淚。

那些愛人教我的事

半頹廢男人和她坐在城市東邊飯店的三十九樓裡，看著腳下一片燈火繁華。

他腦子裡不自覺的浮現那些曾經的情愛記憶。那一刻，腦子裡的那些舊日的愛情，忽然就這樣像達成某種協議式的自動排列組合起來，讓他整個人的外表處於幾近關機的失語狀態。

看他無言的凝視，她也像過去相戀時那樣的不想去打破這一刻的沈默。

他和她曾經是這樣的一對知心戀人，隨時給彼此最大的自由與任性的可能，這種默契，有時連眼神或語言都是多餘。就像這一刻，她知道一語不發的他，最需要的是有她陪在身旁的獨處和自在。

從北京千里迢迢的回到台北。她在電話裡故作輕鬆自在的對他說，正好到香

港開會，很久沒看到他了，不知道他有沒有空吃個晚餐？

其實她心裡有點慌。她不確定，這個十年不見的愛人，此刻心裡是如何想她的，而她心裡的昨日，其實還沒過去。

當然有空，半頹廢男人不記得愛上她之後，哪一次對她的各種索求他說過一個不字，也不知道為什麼，一遇見她，他就變成一個只會說Yes的愛人，完全忘了一個男人在愛情裡該有的身段和心機。

不過，這愛情終究是太遙遠了，遠到兩人分開多年後的此刻相逢變成一場很詭異的對話。

當他順著話題開始碰觸到一些舊日的情愛記憶時，就像被牙醫鑽開牙齒用針尖觸碰了最敏感的那條神經，痛得讓他直在心裡垂淚著。

現在，和她一起坐在這裡，他想起自己是如何曾經深愛眼前的她，也想起了兩人從相戀到分手的種種。那些遠去的愛情，回想起來像一張張發黃的舊照片，沒了色彩，卻有了更多溫暖，他想起這段愛情是如何造就了今天的他。

至少，他很確定，如果沒有經歷這段愛情，他不會有今天這樣的人生，一個世俗眼中還過得去的人生，一個自己眞正想要的人生，和她的愛情，眞的讓他學習了太多。

她在愛情中的喜怒無常讓他學會自尊與自在，讓他記得永遠給這愛情足夠的呼吸空間，讓自己成爲一個這樣對愛情看來極不貪心的男人，也成爲一個只因爲愛人的痛苦快樂而痛苦快樂的男人，一個既冷漠又貼心的情人。

她的聰明美麗讓他活出另一個自己，一個對人生充滿企圖心的自己。他內心裡的那頭一直沈睡的獅子也因爲她而活過來，因爲他知道，她喜歡一個這樣的他，一個腦子裡充滿慾望的掠奪者，渴望擁有這世界的一切，如同兩人靈肉相擁時對她那樣永無止盡的索求。

於是他在她的愛情裡變了一個人，從嚮往自我放逐的波希米亞人變成愛戀奢華的布爾喬亞。和她在一起，他從她身上學會了紅酒、爵士樂和法國菜，那曾經的錦衣玉食愛情生活，回想起來像佈滿了香檳氣泡的超級偶像劇。

在一起的那三年，兩人的生活裡從來沒有柴米油鹽的煩惱。每天在一起，就是極盡所能的享受愛情和彼此的美好。那時候生活裡最傷腦筋的事，就是每天下班後該吃他最愛的生魚片還是她鍾愛的法國菜，之後回到家要喝哪個牌子的香檳和用哪些音樂與姿勢來做愛。

如今，那些記憶都像天堂一樣的美好而遙遠了。經過了那美好的三年，這愛情也戲劇性的結束，卻也成爲他人生中極爲寶貴的一課。

他清楚的記得，當銀行打電話來催他去償還貸款的那個下午，他整個人的人生也在那一刻走進地獄。那通電話像根刺，刺破所有他人生的假象氣球，原來每天過得錦衣玉食的他，那個活在看不到盡頭的愛情幸福的他，早已是個負債累累的糊塗蟲、笨蛋、失敗者。

因爲他太愛她也太信任她，把自己的每一毛錢都交給她，從來不過問也不擔心，想不到卻因爲她的貪心和揮霍，讓他背下鉅額的債務，毀了他的人生也毀了這愛情。

他於是和她分手，把自己的人生當成從零開始。

拚了十年後，他終於又站了起來，有了比過去更好的人生，ok的事業，另一個愛他的女人，美好的愛情與家庭，他從過去人生裡的失敗記取了每一吋的教訓，重新建構了一個自己，想來，今天他所擁有的，其實都是當年她的殘忍所給他的。

他想，他該感謝她的。今天他人生所擁有的一切，其實沒有一樣不是她教給他的，她教他什麼叫自尊、信任、享受人生和安身立命的根本，不管這愛情曾經有多殘忍。

他就這樣看著三十九樓腳下的台北夜景想了好久，她也靜靜一語不發的陪著他，陪他走過那些腦海裡的往日愛情，走過那些曾經的美麗與傷心，兩人就這樣一語不發的喝完那瓶一直是兩人最愛的Petrus，忘了也記起了昨日的人生。

酒精讓腦子越來越不清楚，情愛記憶卻讓腦子清醒。他不斷的留著淚，越哭越清醒，哭到後來竟然覺得那淚水都有酒味。

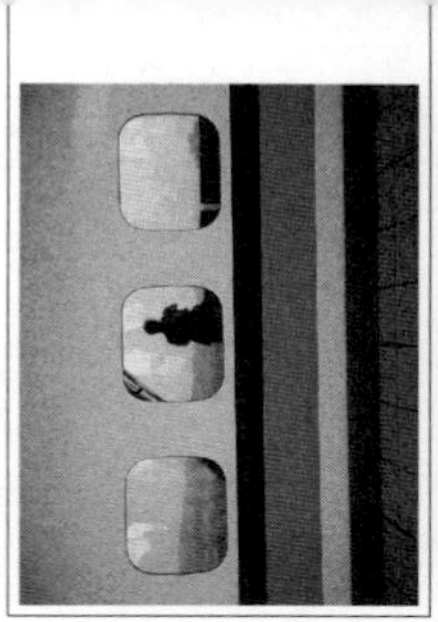

EMBA同學的東京旅行

因為讀了EMBA，半頹廢男人有了不少所謂人中龍鳳的同學。

一直不知道自己該被歸類成什麼樣人的他，和這些企業高階主管在一起，其實並沒有那麼自在和麻吉。從第一天走進教室開始，他就知道自己和這些同學們並不活在同一個世界。

他有一種非常自信的敏感，那很像一種動物性的本能，比如說，兩隻本來不認識的動物如果彼此靠近到一個距離，往往不費力的就可以知道對方對自己的意圖，有點像第六感的味道。

所以，並不有錢也不有名的他，在這群世俗認為成功典範的人士裡，只擁有那層非常表面甚至有點虛假的客氣。

他也知道，他對這裡面有些人是不以為然的，甚至，有些人相處久了之後讓他覺得不屑。

像那個一天到晚在電視裡講著一些屁話的所謂資深媒體人或作家，有的靠抄襲為生，出書打知名度，有些淪為財團和政黨的打手，幹的都是無恥沒品的勾當。

而幾個身價上億的上市公司老闆一個個成為掏空公司的罪犯。他記得，剛開學那一陣子，媒體還把這些EMBA同學捧上了天，現在，這些人一個個下了地獄。

讓他印象最深刻的是第一年的教師節，大家為了巴結老師，每個人出了一筆錢，幫班導師買了一個大禮。那個號稱台灣最具實力的房地產教父當著大家的面把禮物送出去，把面子作給自己，一點都沒提這是大家的心意。

當半頹廢男人越了解這些所謂的人中龍鳳，就越對人性充滿了悲憫，同時，他也很慶幸自己口袋裡的每一毛錢都來得心安理得。

除了有錢有勢的，EMBA的同學裡，沒錢沒勢的人，格調其實也好不到哪裡去，每個人在課堂上張牙舞爪求表現，幫大老闆同學當書僮，讀書會和上課時逢迎拍馬，圖的無非是幫自己找個更好的下一個工作。

不過，這些事他看在眼裡，卻也沒有和任何人過不去。他一樣和這些人在學校裡和平的生活著，當成自己在看一部昂貴卻有趣的連續劇，把一些比較無關痛癢的故事寫在報紙雜誌的專欄上，而黑暗面則寫在自己的部落格裡，有時看不過去就痛罵這些人兩句。

有這麼一天，組織管理課的K博士安排了一次東京旅行，這位向來嚴教勤管的名師要大家做好心理準備，說這一個星期大家每天平均的睡眠時間只有四個小時，每天要看兩家公司，晚上還要去喝酒玩樂，然後回到旅館還要討論明天的功課，在出發前把每個人嚇得皮皮剉。

到了東京之後，事情也眞的像K博士所講的那樣，白天黑夜的行程都非常的操勞，這些平日養尊處優的經理人等於重新入伍再當了一次兵，一個個被操得掛病號，而一向身體ok的半頹廢男人也患了重感冒。

行程最後一天，K博士帶大家到上野公園賞櫻。

正是一個溫暖的大晴天，盛開的櫻花樹下大家席地而坐，邊喝大吟釀吃壽司邊聊天。K博士笑著說，就來個行程總驗收吧，請大家聊聊來東京這一個禮拜看到和學到了什麼。

於是EMBA的人中龍鳳們又開始回復本性，大談哪個商社的策略實在高明，又日本的產業界創新經驗如何如何的值得台灣借鏡，還有人從表參道的粉領女人來看日本的時尚供應鍊，總之，發言的內容豐富得有如一場高品質的產學高峰論壇。

「對不起，到了東京之後我一直在感冒，所以到各企業參訪時不小心睡了好幾回，還有，日本人的英文真的很難聽得懂，我英文又不好，所以……」輪到半頹廢男人發表心得時他這樣說。

大家笑成一團，只有K博士臉色鐵青。

「這一趟東京旅行，我最感動的一件事就在我們面前。」半頹廢男人請大家看著前方約十公尺的那棵櫻花樹下的一對日本老夫妻。

老夫妻看來有六十多歲了吧，和上野公園裡大部分人一樣，在櫻花樹下席地而坐，親密的依偎著，特別是兩個人的手總是牽在一起，吃喝著簡單的乾糧和茶水。

「我真的很希望，到老的時候還有一個心愛的人可以這樣的相依和牽手。在台灣，我很少看到這樣的風景，即使這對老夫妻不像我們有美酒和美食。」他向K博士和同學這樣說。

大家又笑成了一團，他聽得出來，那笑裡其實並沒有太多的認同。

只有K博士沒笑，他竟然在流淚。

他想起五年前過世的妻。

歸於塵

好友的死訊大大的登在報紙的頭條版位，半顛廢男人看了之後整個人就呆在那裡。

他還是走了，半顛廢男人覺得意外也不意外，算算日子他和病魔整整抗戰了兩年。

是個不常聯絡的好朋友，認識十五年來見面的次數不算多，但是兩人有過不少次工作上的合作。每次見面都聊得很多很多，是那種不常見面的好朋友。

「我捨不得死，因爲那麼多人等著看我死。」還記得他半年前在病房裡嬉皮笑臉的對半顛廢男人這樣說，語氣和生病前一樣開朗調皮，但是身體和表情卻是充滿病容的。

半顛廢男人知道他個性有多頑強，常常就是爲了一口氣，因爲這樣，全身上下能開的刀都開了，能做的化療都做了，一個癌症病人能受的苦他也都受了。

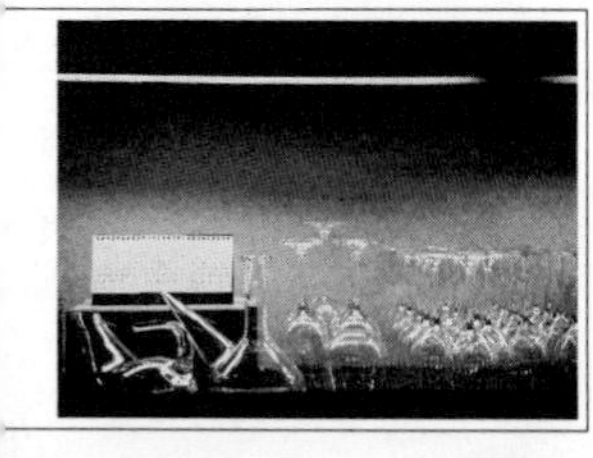

只是這樣的辛苦，他還是走了。

半頽廢男人心裡想，那這兩年的煎熬算什麼？七百多個痛苦的日子有意義嗎？除了自己苦，至親好友的身心煎熬那更是難以去計數的。

更讓他不能無所感的是人生的無常，到了這個年紀，每隔一段時間總會聽到哪個朋友走了，而且都是和他差不多的年紀。他想，這樣的事情在往後的日子發生的頻率只會越來越高。他知道，未來的人生，孤獨和恐懼只是必然。

他越來越常好奇的問自己生命的意義，卻想不出個頭緒，唯一確定的是作為一個人的脆弱和無助，人和命運永遠無法討價還價，再如何的努力，每個生命彷彿在誕生的那一刻就被設定好了不同的使用期限，大限一到，誰也無能爲力。

他想起小學時打躲避球的場景，每次球賽他常常是努力奮鬥留到最後，常常頑強的搞得很累，同學都好奇的問他爲什麼這麼拚？

「我要替你們活下去，這樣才能讓你們有機會回到球場來。」他總是認眞的這樣說，即使他們班總是常輸掉比賽。

當年紀越大，回想起當年的對話，更覺得自己好天眞。這世界，每個人都只是自己，沒有誰能替誰活下去的。

他知道，他唯一能做的，就是對自己好，好好的去活未來人生的每一秒。他想，每個人都應該是這樣。

他放下了報紙，想放下好友死去的感傷。

中年風景

那個週末，半頹廢男人忽然決定回台中看看兩個老人家。

說不上爲什麼，儘管七十歲的老媽跟他說，都快過年了，就別急，到時再回來就好了。

不過他還是決定回去一趟，其實他也知道，從小和父母沒什麼話聊的他，回去也只是大家吃個飯，彼此看一看，大家安個心，也許很形式化，但是他很清楚，這是老人家生活中最快樂的片刻之一。兩個老人家都是刻苦節省的人，打從年輕開始，生活中一直沒有什麼娛樂。

所以，看到兒子回來探望，那會讓兩個老人家很快樂的吧。他心裡想著。

其實，他自己很清楚，回台中除了看老人家，也是他省視回顧自己人生的一種方式吧。

大清早，他離開了住處，在板橋搭上了九點二十九分開往台中的高鐵。當他

走進車廂的那一刻，腦海裡忽然想起了多年前自己也曾在日本搭過新幹線，心裡於是出現了感傷和味喟嘆。

這一刻，他覺得自己離那段對生命充滿無限期待的日子好遠了。

他知道這樣不應該，但是對一位生命充滿挫折的中年男子而言，他又不能自已的有這樣的自憐。

也好，就認了自己的脆弱了。對於自己的無能，接受也是一種勇氣的表現，他心裡這樣的阿Q想著。

他曾經覺得自己的人生有無限的可能。那一年，在東京開往大阪的新幹線上，他看著窗外像光速般飛逝的風景，想著，自己的未來會有多美好的人生。

只是，那個夢一般的場景過去沒有太多年，他的人生早已千瘡百孔，儘管他一直逞強的向自己催眠，把這一切的不如意當考驗，但是他很清楚，每天心裡就是要不斷去對抗那看不到盡頭的低潮。

有時，他會阿Q的想，就這樣一直熬下去吧，熬到自己生命走到盡頭那一天再來認輸吧，這樣的無能爲力也算是一種功德圓滿。

他想起那些曾經投注無限夢想和熱情的工作，那個讓他以爲可以給予他一生幸福的家，那段讓他充滿無限奢望的愛情，在他看著高鐵窗外飛逝風景的這一刻，都離他好遠好遠了。

窗外的陽光正好，像箭一樣的射進他累了的中年。半頹廢男人覺得眼前開始迷濛了起來，他不相信自己在哭，只倔強的對自己說：「是日頭太大的關係。」

Pure Yoga

提供最優質及具國際水準的瑜珈館服務！

Pure Yoga 是全球最大、最具規模及先進的瑜珈機構，目前在香港擁有5間大型的瑜珈館，去年11月在新加坡與台北設立分館，並將陸續在亞洲各國開設其它分館。Pure Yoga最主要的一項本質，是其爲亞洲最具規模及先進的瑜珈會館，並且允諾幫助大家達到一個身心靈平衡和健康的生活方式。

Pure Yoga目前聘請到15位擁有國際證照及認可的資深瑜珈教練，每星期開近200堂課，巔峰時間則幾乎每十五分鐘就開一堂課，爲每位學員提供最優質與全方位的瑜珈課程及服務。

目前提供各式傳統及當代的瑜珈課程，包括：

1. Hot Yoga 高溫瑜珈
2. Yin Yoga Yin瑜珈
3. Hatha Yoga 哈達瑜珈
4. Power Yoga 活力瑜珈
5. Ashtanga Vinyasa Yoga
6. Gentle Flow 柔和流暢
7. Kids Yoga 孩童瑜珈
8. Hot Flow 瑜珈舞蹈
9. Pranayama/Meditation 靜坐冥想瑜珈
10. Pre & Post Hatha (prenatal) Yoga 孕期產前瑜珈

PURE YOGA

PURE YOGA免費體驗券

PURE YOGA邀請您一起來體驗瑜珈之美！憑此體驗券到PURE YOGA，即可享受讀者專屬瑜珈免費一週體驗課程。詳情請洽：(02) 81617888。

Pure Yoga 台北　台北市忠孝東路四段151號　預約專線：8161-7888
網址：http://www.pure-yoga.com　e-mail: info.tw@pure-yoga.com

國家圖書館預行編目資料

非典型愛情／吳仁麟著. -- 初版. -- 臺北市:寶瓶文化, 2008.05
面； 公分. --(island ; 95)

ISBN 978-986-6745-31-7(平裝)

857.63 97007892

island 095

非典型愛情

作者／吳仁麟

發行人／張寶琴
社長兼總編輯／朱亞君
主編／張純玲
編輯／羅時清
外文主編／簡伊玲
美術主編／林慧雯
校對／張純玲・陳佩伶・余素維・吳仁麟
企劃主任／蘇靜玲
業務經理／盧金城
財務主任／歐素琪　業務助理／林裕翔
出版者／寶瓶文化事業有限公司
地址／台北市110信義區基隆路一段180號8樓
電話／(02)27463955　傳真／(02)27495072
郵政劃撥／19446403　寶瓶文化事業有限公司
印刷廠／世和印製企業有限公司
總經銷／大和書報圖書股份有限公司　電話／(02)89902588
地址／台北縣五股工業區五工五路2號　傳真／(02)22997900
E-mail／aquarius@udngroup.com
版權所有・翻印必究
法律顧問／理律法律事務所陳長文律師、蔣大中律師
如有破損或裝訂錯誤，請寄回本公司更換
著作完成日期／二〇〇八年二月
初版一刷日期／二〇〇八年五月
初版二刷日期／二〇〇八年五月九日
ISBN／978-986-6745-31-7
定價／二七〇元

Copyright©2008 by vin wu
Published by Aquarius Publishing Co., Ltd.
All Rights Reserved
Printed in Taiwan.

AQUARIUS 寶瓶 文化事業

愛書人卡

感謝您熱心的為我們填寫，
對您的意見，我們會認真的加以參考，
希望寶瓶文化推出的每一本書，都能得到您的肯定與永遠的支持。

系列：Island095 **書名：非典型愛情**

1. 姓名：＿＿＿＿＿＿＿＿ 性別：□男 □女
2. 生日：＿＿年＿＿月＿＿日
3. 教育程度：□大學以上 □大學 □專科 □高中、高職 □高中職以下
4. 職業：＿＿＿＿＿＿＿
5. 聯絡地址：＿＿＿＿＿＿＿＿＿＿＿＿＿＿＿＿＿＿

   聯絡電話：＿＿＿＿＿＿＿＿ 手機：＿＿＿＿＿＿＿＿
6. E-mail信箱：＿＿＿＿＿＿＿＿＿＿＿＿＿＿

   □同意 □不同意 免費獲得寶瓶文化叢書訊息
7. 購買日期：＿＿ 年 ＿＿ 月 ＿＿ 日
8. 您得知本書的管道：□報紙／雜誌 □電視／電台 □親友介紹 □逛書店 □網路 □傳單／海報 □廣告 □其他
9. 您在哪裡買到本書：□書店，店名＿＿＿＿＿＿ □劃撥 □現場活動 □贈書 □網路購書，網站名稱：＿＿＿＿＿＿ □其他＿＿＿＿＿＿
10. 對本書的建議：(請填代號 1.滿意 2.尚可 3.再改進，請提供意見)

    內容：＿＿＿＿＿＿＿＿＿＿＿＿

    封面：＿＿＿＿＿＿＿＿＿＿＿＿

    編排：＿＿＿＿＿＿＿＿＿＿＿＿

    其他：＿＿＿＿＿＿＿＿＿＿＿＿

    綜合意見：＿＿＿＿＿＿＿＿＿＿＿＿＿＿＿＿＿＿
11. 希望我們未來出版哪一類的書籍：＿＿＿＿＿＿＿＿＿＿＿＿

讓文字與書寫的聲音大鳴大放

寶瓶文化事業有限公司

（請沿此虛線剪下）

廣 告 回 函
北區郵政管理局登記
證北台字 15345 號
免貼郵票

寶瓶文化事業有限公司　收

110台北市信義區基隆路一段180號8樓

8F,180 KEELUNG RD.,SEC.1,

TAIPEI.(110)TAIWAN R.O.C.

（請沿虛線對折後寄回，謝謝）